KB231117

RUNNER
런너

FUSION FANTASTIC STORY
임영기 장편 소설

런너 6

임영기 장편 소설

초판 1쇄 찍은 날 § 2012년 5월 16일
초판 1쇄 펴낸 날 § 2012년 5월 23일

지은이 § 임영기
펴낸이 § 서경석

편집부장 § 권태완
편집 § 주소영
디자인 § 이혜정

펴낸곳 § 도서출판 청어람
등록번호 § 제1081-1-89호
등록일자 § 1999. 5. 31
어람번호 § 제1-1389호

주소 § 경기도 부천시 원미구 심곡2동 163-2 서경B/D 3F (우) 420-822
전화 § 032-656-4452 팩스 § 032-656-4453
http://www.chungeoram.com
E-mail § chungeoram@chungeoram.com

ⓒ 임영기, 2012

ISBN 978-89-251-2873-3 04810
ISBN 978-89-251-2789-7 (세트)

※ 파본은 구입하신 서점에서 교환하여 드립니다.
※ 저자와 협의하여 인지를 붙이지 않습니다.
※ 이 책은 도서출판 청어람과 저작자의 계약에 의해 출판된 것이므로,
   무단 전재 및 유포·공유를 금합니다.

절대전능

시공을 달리는 자

RUNNER

FUSION FANTASTIC STORY

임영기 장편 소설

런너

도서출판
청어람

CONTENTS

제54장

고요한 전투

RUNNER
런너

아침 8시.

<u>스으.</u>

대지가 천 평은 훨씬 넘을 듯한 거대한 일본식 대저택 뒤쪽 담에서 무엇인가 스미어 나왔다.

처음에는 벽돌담이 불룩 튀어나오는 것 같더니 마치 안개를 뚫고 나오듯이 사람의 모습이 보였다.

앞선 자는 츠네야마[常山]이다. 그리고 그의 양어깨에 두 손을 얹고 또 다른 자가 담을 뚫고 들어왔다.

츠네야마에게 투과의 능력이 있는데, 다른 자들을 이끌고 담을 통과한 것이다.

그런 식으로 모두 다섯 명이 들어왔다. 하지만 그들이 모두 들어온 후에도 담은 말짱했다. 단 하나의 벽돌도 빠지거나 깨지지 않고 아무런 흔적도 없었다.

츠네야마는 묵인자가 거느리고 있는 가디언 중 한 명이다. 그러나 묵인자, 즉 당태종 이세민의 열네 명의 아들과 스물두 명의 딸 중에서 장남인 그는 그들 서른여섯 명의 가디언보다 훨씬 막강한 능력을 지니고 있다. 말하자면 가디언이면서도 런너 급이다.

담을 투과한 츠네야마 일당은 뒤뜰의 정원을 일직선으로 가로질러 20여 미터 전방에 보이는 화려한 양식의 2층 일본식 건물로 향했다.

츠네야마를 뒤따르고 있는 수행자 네 명은 츠네야마의 어깨에서 손을 떼었다. 그들은 날카로운 눈빛으로 주위를 둘러보면서 경계했다.

하지만 뒤뜰을 비롯하여 대저택의 뒤쪽에는 사람의 그림자도 보이지 않았다.

스으.

정원을 가로지른 츠네야마와 네 명의 수행자는 다시 일본식 건물의 벽을 뚫고 마치 물이 스며드는 것처럼 안으로 들어갔다. 아니, 흡수되어 버렸다.

츠네야마 일당은 마침내 다섯 번째 건물의 벽을 투과하여 유령처럼 안으로 들어섰다.

그들이 지금까지 거쳐 온 네 채의 건물에서는 아무도 발견하지 못했다.

목표로 하는 이리가수미는커녕 경호원이나 일하는 사람조차 보이지 않았었다.

츠네야마는 이리가수미가 오래전부터 이곳에 살고 있다는 사실을 알고서 감시를 하고 있었으나, 내부 구조나 그 안에 몇 명이나 있는지, 혹은 누가 있는지에 대해서는 전혀 모르고 있다.

그 당시에는 이리가수미가 런너였기 때문에 섣부르게 행동하다가 발각될 위험이 있었기 때문이다. 그래서 겨우 감시 정도만 했던 것이다.

츠네야마는 다섯 번째 건물 안으로 들어서자마자 갑자기 걸음을 멈추더니 오른손을 들어 보였다. 이 건물 안에서 인기척이 감지됐다는 신호다.

츠네야마는 잠시 그 자리에서 귀를 기울이며 인기척의 향방을 살피고 나서 두 팔을 양쪽으로 벌렸다.

그러자 네 번째와 다섯 번째 인물이 한 명씩 양쪽으로 갈라져서 소리없이 달려갔다.

이어서 츠네야마는 두 명을 이끌고 천천히 복도 오른쪽을 따라서 걸어갔다.

모두 정장에 구두를 신고 있는데도 일체 발걸음 소리가 나지 않았고, 깨끗한 복도 바닥에 흙 하나 흘리지 않았다.

그때 츠네야마가 가고 있는 복도 중간에 왼쪽으로 또 하나의 복도가 갈라졌다.

그런데 츠네야마는 마치 목표 지점을 정확하게 아는 것처럼 망설이지도 않고 왼쪽 복도로 꺾었다.

그는 인기척을 따라가는 중이다. 일층 입구와 복도에 있는 인물이라면 경호원일 것이다. 그래서 네 수행자 사도와 다섯 수행자 솔저를 보냈다.

그리고 2층에서 흘러나오는 기척은 이리가수미와 그의 수행자들일 것이라고 짐작하여 자신이 직접 정령과 디스트로이어를 이끌고 가는 것이다.

츠네야마가 왼쪽 복도로 꺾어져서 20미터쯤 전진하자 왼쪽에 2층으로 뻗은 계단이 나타났다. 그는 서슴없이 계단을 올라가기 시작했다.

목조 계단인데도 세 명이 올라가고 있는데 삐걱거리는 소리조차 일체 나지 않았다.

솔저는 일말의 거리낌도 없이 건물의 가장 바깥쪽 복도를 달려가더니 막다른 곳에서 왼쪽으로 꺾어 계속 달려갔다. 복도는 왼쪽으로 꺾어지는 외길이다.

그의 두 손 손가락 사이에는 쇠털처럼 가느다란 은침이 끼워져 있었다.

너무 가늘어서 육안으로는 잘 보이지도 않았다. 하지만 은침에 적중되면 그것이 핏줄을 타고 심장에 도달하여 박동을 멈추게 할 것이다.

그는 품속의 벨트에 권총과 총신이 짧은 기관단총을 지니고 있으나 지금은 은침을 사용하려고 한다.

그는 지금처럼 은밀한 작전을 할 때에는 은침을 쓰는 것을 즐겨한다.

총기는 소음기를 부착해도 소리가 나는데다 총기보다 은침이 훨씬 더 스릴이 있기 때문이다. 은침에 맞은 상대가 온몸을 부들부들 떨면서 죽어가는 모습을 지켜보는 기분은 정말 최고다.

그는 최대 30미터 거리에서 은침을 날려서 사람의 급소를 정확하게 명중시킬 수 있는 능력을 지니고 있다. 그 밖에도 두어 가지 능력을 더 갖고 있지만 지금은 은침을 사용하는 것이 제격이다.

은침이 급소에 적중되면 몸에는 아무런 상처도 내지 않은 채 자는 듯이 죽게 될 것이다.

그런데 왼쪽으로 꺾어서 달려가던 솔저는 이상하다는 생각이 들었다.

40여 미터에 이르는 긴 복도에 아무도 없었기 때문이다. 이쯤에서 경호원이 두세 명쯤은 지키고 있을 것이라고 예상했던 그는 맥이 빠졌다.

하지만 그는 복도 끝에서 왼쪽으로 꺾어지면 경호원들이 있을 것이라고 판단했다.

그곳은 이 건물의 유일한 입구이기 때문에 경호원이 없을 리가 없다.

40여 미터의 복도를 달려가는 동안 왼쪽으로 뻗은 세 개의 좁은 복도를 힐끗 쳐다봤으나 아무도 없었다.

그는 역시 경호원들이 입구에 있을 것이라는 자신의 예측이 맞을 것이라고 생각했다. 그래서 복도가 왼쪽으로 꺾이기 직전에 있는 마지막에 네 번째 왼쪽으로 뻗은 좁은 복도를 그냥 스치고 지나갔다.

다카하시에게 이곳 네 번째 좁은 복도에 숨어 있으라고 한 사람은 고방아였다.

그녀는 이쪽 복도로 츠네야마의 수행자가 지나갈 수도 있고 지나가지 않을 수도 있다고 말했다.

지나간다고 해도 한 명 정도일 테니까 그를 죽이고, 아무도 지나가지 않을 경우에는 일이 끝날 때까지 잠자코 있으라고 말했다.

다카하시는 극도로 긴장했다. 그는 일반인 중에서 가디언 등 수행자에 대해서 알고 있는 극소수의 사람이다.

또한 그는 그들 다섯 수행자가 상상을 초월하는 능력을 지녔다는 사실도 잘 알고 있다.

그렇기 때문에 과연 평범한 일반인인 자기가 수행자를 죽일 수 있을 것인지 초조함을 떨쳐 버리지 못했다.

그의 손에서 나는 땀 때문에 고방아가 빌려준 글록26이 자꾸만 손에서 미끄러져 빠져나가려고 했다. 그래서 몇 번이나 고쳐 잡았다.

고방아의 말에 의하면 수행자는 반드시 은탄으로만 죽일 수 있다고 했다.

일반 총탄에 맞으면 다시 부활한다고도 했다. 그것은 다카하시로서도 모르고 있던 사실이다.

그래서 고방아가 글록26을 빌려준 것이다. 다카하시의 리볼버에는 은탄이 맞지 않기 때문이다.

그는 눈을 깜빡이지 않으려고 노력하면서 복도 전방을 뚫어지게 주시했다.

눈을 깜빡이는 순간 복도 앞으로 적이 스치고 지나가거나 자신을 발견하고 공격할 수도 있기 때문이다.

그가 서 있는 복도의 폭은 세 걸음 정도에 불과하다. 그리고 그는 복도 어귀에서 5미터쯤 안쪽 중간에 어정쩡하게 서 있는 자세다. 적이 좌우 어느 쪽에서 올지 모르기 때문이다.

그런데 그가 눈을 깜빡이는 순간 복도 끝에서 뭔가 스쳐 지나간 것 같은 느낌이 들었다.

순간 그는 적이라고 판단했다. 눈을 깜빡이지 않으려고 그렇게 애를 쓰다가 어쩔 수 없어서 한 번 깜빡였는데 하필이면 그때 적이 지나친 것 같았다.

'어느 쪽이지?'

그런데 뭔가 희끗한 것이 스쳐 지나간 것 같기는 한데 어느 쪽에서 달려와서 어느 쪽으로 갔는지 알 수가 없다. 그는 방금 봤던 희끗한 물체의 잔상을 되짚어서 떠올리느라 비지땀을 흘렸다.

그것을 알아야만 복도 밖으로 달려나가서 그자의 등을 향해 발사할 수가 있다.

"……!"

솔저는 방금 지나친 네 번째 복도 안쪽에 뭔가 있었던 것 같은 느낌을 받았다.

고개를 돌려서 복도를 쳐다보지는 않았지만 눈 옆으로 뭔가를 본 것 같은 느낌이 들었다.

그는 즉시 달리는 것을 멈추고 일말의 기척도 없이 네 번째 복도로 되돌아 달려가며 오른손을 들어 올렸다. 그는 자신의 느낌을 믿었다.

획!

그는 느닷없이 복도 앞으로 들이닥치면서 오른손을 앞으로 벼락같이 휘둘렀다.

"……."

그런데 전방에는 아무도 없다. 그 대신 오른쪽 눈 가장자리에 뭔가 희끗한 것이 있는 듯한 느낌을 받았다. 방금 전에 복도를 지나칠 때는 왼쪽 눈 가장자리였는데 지금은 오른쪽 눈 가장자리다.

순간 그는 복도 입구 오른쪽에 누군가 붙어 서 있다는 사실을 깨달았다.

그러나 오른손을 앞을 향해 휘두르는 중이던 그는 고개를 오른쪽으로 돌리지 못했다. 단지 오른쪽을 쳐다보려고 시도했다.

퓨욱!

팍!

바람이 빠지는 듯한 작은 소리에 이어서 그는 자신의 옆머리를 누가 볼펜으로 세게 찌른 듯한 느낌을 받았다. 순간 당했다는 것을 깨달았다.

다카하시는 벽에 찰싹 달라붙은 자세에서 두 손으로 잡은 글록26을 앞으로 쭉 뻗고 있었다.

만약 반대편 벽에 등을 붙이고 있었다면 솔저가 가던 길을 되돌아서 달려오다가 발견했을 것이다.

다카하시가 움켜쥐고 있는 총구의 소음기 끝에서 희뿌연 연기가 흘러나가고 있는 것이 보였고, 매캐한 화약 냄새가 확 풍겼다.

쿡!

옆머리에 구멍이 뚫린 솔저는 눈을 부릅뜬 채 다카하시를 쳐다보려고 고개를 돌리려는데 권총의 소음기 끝이 오른쪽 눈을 푹 찔렀다.

아니, 그가 돌아보는 바람에 스스로 권총 소음기에 눈을 들이민 꼴이 돼버렸다.

복도가 너무 좁은 탓에 다카하시가 글록26을 움켜쥐고 두 팔을 뻗자 소음기 끝이 솔저의 옆머리에서 불과 10㎝밖에 떨어지지 않았다.

그 상태에서 그대로 총을 발사했으니 솔저는 옆머리에 화상까지 입었다.

다카하시는 솔저가 자기를 쳐다보려고 하다가 오른쪽 눈이 소음기 끝에 찔리자 그대로 한 발 더 발사했다.

픽!

첫 발은 솔저의 머리를 관통하지 못했다. 옆머리의 두꺼운 뼈를 뚫고 들어갔다가 뇌를 휘저어놓고 맞은편 뼈에 박혀 버린 것이다.

하지만 두 번째 은탄은 그의 오른쪽 눈을 뚫고 들어가서 뒷머리로 튀어나와 맞은편 나무 벽에 꽂혔다.

"이… 익!"

솔저는 은탄을 두 발이나 맞고서도 얼굴을 험악하게 일그러뜨린 채 다카하시를 향해 두 손을 뻗었다.

픽!

순간 다카하시는 공포가 온몸을 휩싸는 것을 느끼며 냅다 발로 솔저의 사타구니를 걷어찼다.

솔저는 뒤로 비틀거리며 물러나 등을 벽에 부딪치더니 스르르 그 자리에 주저앉았다.

다카하시는 글록26을 솔저에게 겨눈 채 움직이기만 하면 발사하려고 눈을 부릅뜨며 거친 숨을 토해냈다.

"허억! 헉헉헉……!"

그는 자신이 수행자를 죽였다는 사실 때문에 지독한 흥분에 몸을 떨었다.

고방아는 다카하시가 있는 곳의 반대편에 있었다. 그녀는 복도가 입구 쪽으로 꺾어지는 지점 모퉁이에 USP를 두 손으로 움켜쥔 채 벽에 붙어 있었다.

그런데 느낌상으로는 모퉁이 너머의 복도에서 누군가 오는 것 같은데 발걸음 소리나 기척이 전혀 느껴지지 않았다.

'아무도 안 오는 거 아냐?'

초조해진 그녀는 모퉁이 너머로 고개를 한 번 내밀어 볼까하고 생각했다.

그리고는 즉시 상체를 앞으로 숙였다. 결정하면 즉시 행동에 옮기는 것이 고방아의 성격이다.

그런데 그때 모퉁이에서 거무스름한 물체 하나가 쏜살같이 튀어나오며 입구 쪽으로 방향을 꺾었다.

화들짝 놀란 고방아는 물체라고 짐작되는 것을 향해 USP 방아쇠를 마구 당겼다.

퓨퓨퓨퓨욱!

퍼퍼퍼퍽!

그러나 은탄은 모조리 맞은편 나무 벽에 적중됐다. 방금 봤던 거무스름한 물체는 씻은 듯이 사라졌다. 그래서 그녀는 순간적으로 자신이 너무 긴장한 나머지 헛것을 봤을지도 모른다는 생각이 들었다.

하지만 그런 생각은 떠오르는 것보다 더 빨리 사라졌다. 주위가 갑자기 어두워졌기 때문이다.

그녀가 있는 곳 모퉁이 위 천장에는 하나의 형광등이 있는

데 무엇인가 그 등을 가렸기 때문에 갑자기 주위가 어두워진 것이라고 판단했다.

그녀는 급히 고개를 들어 위를 쳐다보았다. 그리고 하나의 검은 물체가 바닥에서 3미터 높이에 정지한 듯이 떠 있는 것을 발견했다. 형광등을 등지고 떠 있기 때문에 그자의 모습은 새카맣게 보였다.

그녀는 지금은 공격할 때가 아니고 피해야 할 때라는 것을 본능적으로 느꼈다.

그리고 위에 떠 있는 자가 지금 뭔가 공격을 하고 있을 것이라는 생각이 들었다. 단지 그게 무엇인지 눈에 보이지 않을 뿐이다.

획!

고방아는 번개같이 앞으로 몸을 날려 몸을 둥글게 말아서 낙법을 이용해 굴렀다.

퍼퍼퍽!

그 순간 방금까지 그녀가 서 있던 벽에서 뭔가 적중되는 둔탁한 소리가 났다.

그게 무엇인지는 모르지만, 만약 그녀가 계속 그곳에 서 있었으면 고스란히 당하고 말았을 것이다.

그런데 한 바퀴 구르고 상체를 일으키려는데 그녀의 얼굴이 모퉁이 구석을 향하게 되었다. 적은 뒤쪽에 있는데 완전히 허점을 드러낸 꼴이 되고 말았다.

한쪽 무릎을 꿇고 적을 등지고 있는 이런 자세에서는 권총이 추호도 도움이 되지 않는다.

권총을 쏘기 위해서는 어느 정도 상체를 뒤로 비틀어야 하는데 그사이에 당하게 될 것이다.

또한 그녀는 구석에 몰려 있기 때문에 적을 돌아보려고 하거나 피하려는 어떤 행동을 취할 형편도 되지 못한다.

그렇게 하다가는 무엇인지도 모르는 적의 공격에 죽게 될 것이기 때문이다. 지금 이 순간 적은 이미 두 번째 공격을 시도하고 있을 것이다.

그렇게 판단한 그녀는 USP를 놓자마자 재빨리 오른손을 목 뒤로 돌려 전능자지검을 움켜잡았다.

아니, 눈에 보이지 않고 형체를 갖추지도 않은 전능자지검을 움켜잡고 뽑는다는 생각을 했다.

그와 동시에 앉은 자세에서 상체를 오른쪽으로 비틀면서 뒤를 향해 힘차게 오른손을 휘둘렀다.

쉐애앵—

동지섣달 한겨울 한밤중에 불어오는 북풍한설이 아마도 이런 소리를 낼 것이다.

그녀의 상체가 뒤쪽을 향해 비틀어지기도 전에 먼저 전능자지검이 맹렬하게 그어졌다.

그런데 지난번 수중익선에서 휘둘렀을 때하고는 전혀 다른 상황이 벌어졌다.

그때는 불꽃이 뿜어졌는데 지금은 희다 못해서 푸르스름한 기운이 담긴 검광이 반달 모양을 그리며 그어졌다.

검은 정장을 입은 사내, 즉 사도는 천장에서 하강하며 시도한 첫 번째 공격이 빗나가자 고방아가 서 있던 곳의 벽을 발끝으로 가볍게 찍으면서 방향을 틀어 그녀를 향해 덮쳐 가면서 두 번째 공격을 퍼부었다.

그는 세 가지 능력을 지니고 있으며, 그것은 모두 공격 능력이다.

그중 하나가 지금 사용하고 있는 것, 즉 두 손을 비롯한 온몸 어떤 부위에서든지 강력하기 짝이 없는 짧고 가느다란 바람을 뿜어내는 것이다.

하지만 그것은 옛날 도인들이 사용했다는 장풍 같은 것하고는 차원이 다르다.

도인들은 축적된 내공을 바탕으로 태풍 같은 거센 바람을 쏟아내는 것이지만, 사도의 이것은 호흡으로 들이마신 공기를 땀구멍을 통해서 뿜어내는 것이다. 그렇기 때문에 매우 작고 가늘다.

하지만 그것에 맞으면 쇠도 움푹 들어갈 정도로 위력이 대단하다. 그러므로 사람이 맞으면 내장과 뼈가 박살 나는 것은 당연한 일이다.

사도의 공격은 고방아가 낙법을 막 끝내고 상체를 불쑥 일으키는 순간에 개시됐다.

그러므로 그녀가 오른손을 목 뒤로 돌렸을 때에는 이미 그가 뿜어낸 다섯 개의 바람, 즉 공탄(空彈)들이 그녀를 향해 쏘아가고 있었다.

그것에 적중되면 그녀의 머리를 비롯한 상체에 다섯 개의 작은 구멍이 뚫릴 것이다.

그런데 그녀가 한발 늦게 휘두른 전능자지검이, 아니, 전능자지검에서 뿜어진 반달 모양의 흰 기운이 부채가 펼쳐지듯이 확산되면서 쏘아오던 다섯 개의 공탄을 모두 퉁겨내 버렸다.

그뿐만이 아니다. 전능자지검에서 뿜어진 반달 모양의 흰 기운의 영향력은 2미터 거리 허공에서 내리꽂히고 있는 사도에게까지 미쳤다.

사도는 자신의 전방에서 흰빛 반달이 휙 그어지는 것을 보고 멈칫했다. 그러나 이 정도 거리면 영향권 밖이라고 판단했다.

삭—

그런데 그는 무엇인가 자신의 배를 가로로 베는 느낌을, 아니, 미약한 소리를 들었다.

배를 내려다보지 말고 물러나거나 재공격을 가했어야 하는데 그는 그렇게 하지 못했다.

그것이 그의 이승에서의 마지막 실수로 직결됐다. 그는 본능적으로 자신의 배를 내려다보았다.

그는 배꼽 부위의 와이셔츠가 가로로 베어졌으며, 그곳에서 피가 푹 하고 뿜어지는 것을 발견했다. 그러나 상처는 깊지 않은 듯했다.

하지만 뿜어질 당시의 피는 분명히 액체였는데 뿜어져서 허공에 뿌려지는 찰나지간에 고체, 즉 얼음으로 변해 버리고 말았다.

그것들은 작고 붉은 수많은 홍옥(紅玉)의 알갱이로 변해서 부채를 펼치듯 퍼져 나갔다.

쩌어어.

그리고 그는 더 이상 움직이지 못하게 되었다. 이상한 음향이 흐르면서 그의 몸과 그를 중심으로 한 공간이 희뿌옇게, 그리고 빠르게 얼어붙기 시작했다.

"なにこれ(뭐야, 이게)……."

그가 얼굴 가득 어이없다는 표정을 지으면서 중얼거리고 있을 때 어느새 일어난 고방아가 전능자지검을 머리 위로 쳐들어 그를 향해 베어오고 있었다.

쩍!

고방아는 전능자지검을 움켜잡은 두 손을 통해서 묵직한 느낌을 받았다.

자취를 하면서 돼지고기찌개를 해먹을 때 돼지고기를 칼로 썰던 것보다 조금 더 둔탁한 느낌이었다. 그리고 냉동고기를 자르는 듯 서걱 하는 느낌도 받았다.

꿍!

뒤를 이어 사도가 묵직하게 바닥에 나뒹굴었다. 그런데 정수리에서부터 사타구니까지 정확하게 세로로 갈라진 두 조각이다.

그의 몸은 오랫동안 냉동실에 들어 있었던 것처럼 허옇게 얼어 있었다.

전능자지검이 처음에 그의 복부를 벨 때 몸을 얼려 버렸기 때문이다. 뿐만 아니라 그의 주위 허공까지도 꽁꽁 얼어버렸다. 허공도 습기를 머금고 있기 때문에 급격한 냉기가 엄습하면 얼게 마련이다.

바닥에 쓰러져 있는 사도의 몸뚱이 두 조각에는 얼었다가 쪼개진 허공도 허옇게 달라붙어 있었다.

그렇기 때문에 세로로 잘라진 상태에서도 피가 한 방울도 흘러나오지 않았다.

다만 잘라진 단면이 허옇게 얼어버렸을 뿐이다. 그것은 커다란 얼음을 칼로 자른 듯한 모습이었다.

고방아는 자기 손에 쥐어져 있는 전능자지검과 죽은 사도를 번갈아 쳐다보며 놀라는 표정을 지었다.

전능자지검은 푸르스름한 흰빛을 띠고 있으며, 영하 수십 도의 냉동실을 열었을 때처럼 하얀 김이 뿜어지고 있었다.

고방아는 전능자지검을 들어 올리고는 놀라고도 만족한 표정을 지었다.

'이제는 자지검이라고 놀리지 않으마.'

문득 그녀는 다카하시가 걱정이 되어 그가 있는 곳으로 달려갔다.

그런데 입구를 지나자마자 맞은편 모퉁이에서 다카하시가 뛰어오는 모습을 발견했다.

고방아는 그 자리에 멈추며 미소를 지었다. 그가 살아 있다는 것은, 그리고 그의 얼굴에 쾌감과 흥분이 범벅이 되어 떠올라 있다는 것은 그가 적을 죽였다는 뜻이다.

츠네야마는 아래층에서 들려오는 소리를 감지했다.

퍼퍽! 촤악! 쉐앵! 하는 여러 가지 작은 소리였으나 그것이 자신의 부하 사도와 솔저가 차례로 죽어가는 소리일 것이라고는 생각하지 않았다. 반대로 부하들이 경호원들을 처치하는 소리라고 판단했다.

츠네야마는 이리가수미를 추호도 두려워하지 않았다. 연

달아가 무한런너가 됐다는 사실은 이리가수미가 연달아에게 런너의 전능을 물려주었다는 뜻이다.

그렇다면 지금의 이리가수미는 이빨 빠진 호랑이, 즉 종이호랑이나 다름이 없다.

그 정도면 츠네야마에게는 한주먹거리도 되지 않는다. 두려움이 필요한 사람은 이리가수미여야 한다.

그가 발걸음 소리와 기척을 죽여가면서 다가왔던 것은 이리가수미가 도망칠까 봐, 또는 골치 아픈 일이 생길까 염려했던 것이다.

2층에 올라선 그는 복도 양쪽에 아무도 없는 것을 확인하고는 조심스러운 행동을 집어치웠다.

저벅저벅.

대담하게 발걸음 소리를 내면서 나무로 된 복도를 울리며 걸어갔다.

그는 어느 방 앞에 멈추어 염력으로 미닫이문을 좌우로 스르르 열었다.

가장 먼저 그의 시야에 들어온 것은 정면 10미터 거리 보료에 정좌를 하고 앉아 있는 어떤 인물의 모습이다.

50대 중반쯤 돼 보이는 그 인물을 보는 순간 츠네야마는 그가 연개소문이라고 직감했다.

츠네야마는 이리가수미라는 고구려 식 이름 같은 것은 모른다. 단지 세상이 다 알고 있는 연개소문이라는 이름을 알고 있을 뿐이다.

연개소문은 츠네야마를 보고서도 놀라지 않았다. 마치 기다리고 있던 손님을 맞이하는 듯한 느긋한 모습이다.

츠네야마는 속으로 '역시 거물이로군. 하지만 너는 오늘 내 손에 죽는다'고 중얼거렸다.

그러면서 그는 연개소문의 머리를 가져가서 묵인자에게 선물로 드려야겠다고 즉흥적으로 생각했다.

츠네야마는 안으로 성큼 걸어 들어가면서 연개소문 앞 양쪽에 서로 마주 보는 자세로 무릎을 꿇은 채 허리를 꼿꼿하게 펴고 단정히 앉아 있는 두 명의 여자를 그제야 재빨리 살펴보았다.

한 여자는 16, 7세 정도의 소녀인데 깨물어 먹어도 비린내가 나지 않을 정도로 예쁘고 깜찍하며 귀여웠다. 자그마한 몸매라서 애완동물처럼 업거나 안고 다니면 좋을 거라는 생각이 들었다.

맞은편의 또 한 여자는 20세쯤 됐는데 그야말로 눈이 번쩍 떠질 정도의 미인이었다.

산들바람만 살랑 불어도 쓰러질 듯 가녀리고 여린 몸매이며, 눈이 부실 정도로 흰 살결에 옛 미인도에서나 봤을 듯한 청초하면서도 고결한 미모의 소유자였다.

츠네야마는 호색한이다. 옛날 당나라 시절에 그는 자신의 누이동생 스물두 명 중에서 절반이 넘는 열다섯 명을 건드려서 첩 아닌 첩으로 삼았을 정도다. 또한 부인과 첩을 합쳐서 30여 명이나 됐었다.

그런 그가 눈앞의 두 미녀를 보고서 흑심이 생기지 않을 리가 없다.

군침이 흐르면 그대로 행동하는 것이 과거와 현재의 그였다. 그는 두 미녀를 제압하여 자신의 집으로 데리고 가서 침대의 노리개로 삼아야겠다고 생각했다.

츠네야마가 느릿한 걸음으로 걸어가고 두 걸음쯤 뒤 양쪽에서 정령과 디스트로이어가 따랐다.

그때 정령과 디스트로이어가 갑자기 빠른 걸음으로 츠네야마를 지나쳐서 앞으로 나왔다.

"죽이지 말고 제압해라."

앞서 나가는 그들 뒤에서 츠네야마가 느긋하게 명령했다. 그때까지도 그는 두 여자를 노리개로 삼을 생각을 버리지 못하고 있었다.

슥—

두 여자 아랑과 을지은한이 조용히 일어나 다가오고 있는 정령과 디스트로이어를 향해 마주 섰다.

그 모습은 반격을 하려는 것이 아니라 영접을 하는 듯 느긋한 행동이었다.

아랑은 그저 연약한 일개 소녀의 모습이다. 그녀가 무한런 너의 제1수호자 알파일 것이라고는 누구도 상상하지 못할 것이다.

정령 역시 마찬가지다. 그는 아랑을 한주먹거리도 되지 않을 것이라고 생각하여 그녀를 향해 대수롭지 않게 불쑥 두 팔을 뻗었다.

슈우우—

순간 그의 두 팔이 고무줄처럼 길게 늘어나며 아랑을 향해 쏜살같이 쏘아갔다.

그의 손은 독수리 발톱처럼 곧추세웠는데 손톱이 칼날처럼 날카롭게, 그리고 길게 튀어나와 있었다. 그는 그 손으로 아랑의 목을 움켜잡고 조를 생각이다.

그리고 디스트로이어는 을지은한을 향해 한차례 주먹을 번개 같은 속도로 쭉 뻗었다가 거두었다.

위잉!

그러자 한 덩어리의 검은 기운이 을지은한에게 뿜어졌다.

묵인자는 자신의 자식들과 모든 수행자에게 전능의 능력으로 초능력을 심어주었었다.

전능은 나누어 준다고 해서 감소되는 것이 아니다. 단지 그것을 받는 사람의 신체적, 혹은 정신적 조건이 얼마나 좋으냐에 따라서 전능을 받아들여 훌륭한 수행자가 되거나 그보다 못한 수행자가 된다.

츠네야마의 디스트로이어가 묵인자로부터 받은 능력 중에서 가장 강력한 것이 방금 뿜어낸 검은 기운이다. 무엇이든 뚫고 부수는 파괴의 기운이기도 하다.

정령과 디스트로이어는 츠네야마가 두 여자를 제압하라는 명령을 듣고 될 수 있는 한 약한 공격을 펼쳤다. 만약 그런 명령이 없었으면 이보다 더 강력한 공격을 퍼부어 단숨에 죽였을 것이다.

을지은한은 재빨리 오른손을 뻗어 허공에 한자로 칼 '劍' 자를 써서 오른손을 슬쩍 휘저었다.

치잉—

그 순간 그녀의 앞 허공에서 두 자루의 검이 만들어져서 곧장 정령과 디스트로이어를 향해 날아갔다.

원래 공기 중에는 모든 원소들이 떠다니고 있는데, 그녀는 그것들 중에서 가장 강한 것들만 취합하여 검을 만들어서 날린 것이다.

퍼퍼어—

"끄윽!"

"큭!"

허공에서 무엇인가 번뜩이는 순간 정령과 디스트로이어는

똑같이 답답한 신음을 터뜨렸다.

공기 중의 강한 원소로 만들어진 두 자루의 검은 각각 정령과 디스트로이어의 미간에 꽂혀서 뒤통수로 한 뼘이나 튀어나왔다.

그러나 그 검은 곧 흔적도 없이 사라져서 다시 공기로 돌아갔다. 하지만 그것에 찔린 정령과 디스트로이어는 숨이 끊어지고 있었다.

츠네야마는 '어?' 하는 표정을 지었다. 그는 이런 일이 벌어질 것이라고는 눈곱만큼도 예상하지 않았기 때문에 순간적으로 자신의 눈을 의심했다.

그래서 경험이 풍부한 그로서도 지금 이 순간에 공격을 해야 할지 도망을 쳐야 하는 것인지 판단을 내리지 못하고 머뭇거렸다.

그렇다고는 해도 그것은 눈을 한 번 깜빡이는 아주 짧은 시간이었다.

하지만 그 짧은 시간에 아랑은 츠네야마에게 선사할 죽음의 선물을 만들어내고 있었다.

[죽어라.]

아랑은 츠네야마에게 명령했다. 아랑은 일본어를 모른다. 하지만 이것은 심령으로 명령하는 것이므로 만국 통용어다. 심령에는 한국어, 일본어의 구분이 없다. 말하자면, 정신을 지배하는 것이다.

"흑……."

츠네야마는 움찔하더니 후르르 몸을 떨었다. 무엇인가 저
항할 수 없는 거대한 힘이 그를 덮쳐눌렀다.

그때 그의 앞에서 정령과 디스트로이어가 비틀거리다가
뒤로 쿵 하고 자빠지며 묵직한 소리를 냈다. 그들은 쓰러지기
전에 이미 숨이 끊어진 상태였다.

그러나 츠네야마의 눈에는 그들의 모습이 들어오지 않았
다. 자신에게 닥친 뜻하지 않은 상황 때문에 그들에게 신경을
쓸 겨를이 없다.

그는 자신의 의지하고는 전혀 상관이 없는 또 다른 의지와
싸우고 있는 중이다.

그는 오른손을 들어 올려 자신의 목으로 가져가고 있었다.
그의 의지는 추호도 그럴 생각이 없는데 타인의 의지, 즉 아
랑의 심령이 그의 의지를 조종하여 자신의 목을 부러뜨리라
고 명령하고 있다.

'뭐… 야, 이거?'

츠네야마는 어금니를 악물고 저항하면서 마구 흔들리는
눈빛으로 아랑을 쏘아보았다.

'으으… 저 어린년이 런너라도 된다는 건가?'

이 순간 그의 머릿속에서는 아랑과 을지은한을 끌고 가서

노리개로 삼아야겠다는 흑심 같은 것은 추호도 남아 있지 않았다.

자그마한 체구의 아랑은 오도카니 서서 한 마리 곰처럼 거구인 츠네야마를 똑바로 주시했다.

자신이 보내고 있는 심령을 츠네야마가 저항하고 있기 때문에 좀 더 강한 심령을 일으켜야겠다고 생각했다.

그때 갑자기 츠네야마의 왼손이 천장의 환한 등을 향했다가 아랑을 가리켰다.

후아악—

순간 등의 불빛 한 덩이가 아랑을 향해 빠른 속도로 쏘아갔다. 하지만 등은 여전히 밝게 빛나고 있다.

츠네야마는 등이 뿜어내고 있는 빛의 한 움큼을 무기로 변환시켜서 아랑에게 쏘아낸 것이다.

그는 사물을 자기 뜻대로 이용하는 능력을 갖고 있다. 그것은 그냥 단순한 빛이 아니다.

등이 비출 때는 그저 주위를 밝게 하는 도구인 빛에 불과하지만, 츠네야마의 능력을 거치게 되면 무서운 살인 도구로 변해 버린다.

그러나 아랑은 그런 능력을 파괴하는 능력을 지녔다.

"돌아가라!"

아랑이 앙칼지게 외치자 그녀를 향해 쏘아오던 한 덩이 빛이 어느새 방향을 바꿔 츠네야마를 향해 쏘아갔다. 멈췄다가 되돌아가는 것도 아니고, 그냥 처음부터 츠네야마에게 쏘아 갔던 것 같은 광경이다.

퍽!

한 덩이 빛이 츠네야마의 복부를 관통했다. 그러나 몸에 구멍이 뚫리거나 피가 뿜어지지는 않았다.

단지 빛의 덩어리가 그의 몸속 내장과 기관들을 휩쓸면서 모조리 파괴했을 뿐이다.

"끄으……."

중상을 입은 그는 정신력마저 허물어졌다. 그래서 아랑의 심령에 저항할 능력을 상실했다. 그 순간 그의 오른손이 자신 의 목을 덥석 움켜잡았다.

그러면 안 된다고 생각하면서도 그의 손은 힘을 가해 힘껏 목을 조였다.

쿵!

그는 그 자리에 무너지듯이 무릎을 꿇었다. 얼굴은 돼지 간 처럼 시뻘겋게 물들었으며 눈알은 당장에라도 튀어나올 듯이 부릅떠졌다. 그리고 일그러진 입에서는 침과 신음 소리가 흘 러나왔다.

"끄으으……."

그는 자신이 곧 죽을 것이라고 생각했다. 하지만 이대로 죽을 수는 없다는 생각도 했다.

종이호랑이라고 판단한 연개소문에게, 아니, 그의 부하에게 이처럼 속수무책으로 당했다는 사실과 어째서 자신들이 당해야만 했는지 이유도 모른 채 죽는 것은 너무나 억울하다는 생각이 들었다. 그것을 알아야지만 죽어서도 눈을 감을 수 있을 것 같았다.

그러나 그것은 그저 바람으로 끝날 것 같았다. 빌어먹을 오른손이 자신의 목을 부러뜨리고 있었다.

우드.

"끄으……."

그때 이리가수미가 가볍게 손을 들었다. 그러자 츠네야마의 목을 부러뜨리던 오른손이 뚝 멈췄다.

"츠네야마."

연개소문이 조용히 입을 열자 츠네야마가 흠칫했다. 그가 자신의 이름을 알고 있기 때문이다.

그렇다면 그는 오늘 아침의 습격에 대해서도 미리 알고 있었을지 모른다.

아니, 그랬을 것이다. 지금 벌어져 있는 결과를 보면 그가 알고 있었던 것이 분명하다.

그러니까 츠네야마는 아가리를 벌리고 있는 호랑이굴 속으로 제 발로 들어온 격이다.

그러나 의문이 또 생겼다. 츠네야마가 습격을 한다는 사실을 연개소문이 어떻게 알았느냐는 것이다.

오늘 아침에 연개소문을 습격하는 것을 알고 있는 사람은 츠네야마와 네 명의 수행자뿐이었다.

그들은 츠네야마와 한시도 떨어져 있지 않았으므로 그들이 연개소문에게 알렸을 리가 없다. 아니, 그들이 무엇 때문에 연개소문에게 그런 사실을 알리겠는가.

"묵인자는 언제 오느냐?"

그때 연개소문이 조용한 목소리로 묻자 츠네야마는 움찔 놀랐다. 그러나 곧 일그러진 얼굴로 태연을 가장했다.

"아버님이 어디에 가셨었느냐?"

"오쿠다가 너에게 보고하는 것을 들었다."

츠네야마는 움찔했다. 그의 머릿속으로 빠르게 스치고 지나는 것은 자신이 감시를 당하고 있었다는 사실이다. 그렇지 않고서는 연개소문이 자신과 오쿠다의 대화 내용을 알 리가 없다.

아니, 연개소문이 어제의 대화를 들었다면 츠네야마가 곧 습격할 것이라는 사실을 알았을 것이다. 그 대화에서 츠네야마는 오쿠다에게 연개소문을 죽일 것이라고 호언장담했기 때문이다.

이제야 의문이 풀렸다. 그러나 그 대신 충격이 엄습했다.

연개소문이 자신의 일거수일투족을 훤하게 알고 있다는 사실 때문이다.

그때 츠네야마가 너무나 귀엽게 여겨서 애완동물처럼 업거나 안고 다니면 딱 좋을 것이라고 생각했던 아랑이 팔짱을 낀 채 턱으로 츠네야마를 가리키며 이리가수미에게 태연하게 말했다.

"오빠, 저놈 그냥 정신을 제압해 버려요. 그러면 알고 있는 것을 술술 토해낼 거예요."

'오빠?'

츠네야마는 아랑이 연개소문에게 오빠라고 부르는 것에 어리둥절했다.

연개소문은 겉으로는 50대로 보이지만 실제 나이는 1945년생, 일본 나이로 67세다.

그런데 이제 겨우 16, 7세 남짓한 소녀가 어떻게 오빠라고 부른다는 말인가.

"그럴까?"

"그럼. 시간낭비야. 그다음에 죽이든가. 살려서 한국으로 데려가서 텐쵸오랑 쿠로카미, 카류우, 하나요메들이 갇혀 있는 동물 우리에 같이 가둬두면 되지, 뭐."

"⋯⋯"

츠네야마는 머릿속이 멍해졌다. 텐쵸오 등이 무한런너에

게 당해서 모두 죽었다고 생각했는데 아직 살아 있다는 것이 아닌가.

게다가 츠네야마도 그들과 함께 가둬놓겠다고 한다. 그렇다면 이것은 도대체……

그 순간 그는 무엇을 깨달았는지 연개소문을 쳐다보며 두 눈을 한껏 부릅떴다.

"너, 너는… 무한런너!"

이리가수미는 빙그레 미소 지었다.

"츠네야마, 이제야 깨닫다니 너는 좀 우둔한 편이구나."

그러더니 50대 얼굴이던 이리가수미가 순식간에 젊고 잘생긴 청년의 모습으로 변했다.

제55장

적색거성 베텔게우스

RUNNER
런너

    이리가수미는 흐뭇하면서도 감개무량한 표정으로 연달아를 바라보았다.

    지금 연달아는 자신을 낳아준 친아버지 이리가수미에게 큰절을 올리고 있다.

    서기 663년에 연달아가 평양성에 잠깐 다니러 갔을 때 아버지를 만났던 것이 마지막이었으니까, 그로부터 장장 1349년 만에 아버지에게 절을 올리는 것이다.

    연달아와 함께 나란히 고방아도 절을 했고, 그 뒤에서 아랑과 을지은한, 그리고 맨 뒤의 이슬비와 다카하시도 공손하게 절을 올렸다.

절을 하는 연달아를 비롯하여 네 명 모두 각기 다른 기분을 느끼고 있었다.

고방아와 아랑은 보장태왕의 딸이지만 그것을 전혀 기억하지 못한다.

그러므로 당연히 이리가수미를 기억할 리가 없다. 그런데도 마음속에서 뭐라고 설명하기 어려운 온갖 미묘한 감정이 교차하고 있다.

을지은한은 연달아가 전능을 주입해 준 덕분에 고구려 시절뿐만 아니라 자신이 연속환생자로서 지금까지 살아왔던 생(生)을 다 기억하고 있다.

고구려 시절의 그녀는 몇 차례 이리가수미를 직접 본 적이 있다.

할아버지가 을지문덕이었기 때문이다. 그래서 그녀는 무려 1350여 년 만에 다시 이리가수미를 만나게 되어 감개무량한 마음이었다.

다카하시는 일본인이지만 이리가수미가 어떤 인물인지 잘 알고 있다.

역사적으로도 어마어마한 위인이지만, 21세기 현재에서도 그가 차지하는 비중은 굉장한 것이다.

더구나 이리가수미는 일본의 거물 중에서도 거물이다. 그가 재채기를 한 번 하면 일본 전체 정계와 재계가 독감에 걸린다는 말이 있을 정도다.

그래서 다카하시는 두근거리는 가슴을 진정시키느라 애쓰면서 절을 하고 있다.

고방아와 아랑은 공주의 신분이므로 대막리지였던 이리가수미에게 구태여 절을 하지 않아도 된다. 하지만 지금은 그를 어른으로서, 그리고 연달아의 아버지이기 때문에 존경심에서 절을 올리는 것이다.

이리가수미는 절을 한 채 움직이지 않고 있는 여섯 명에게 손짓을 해 보이며 온화한 표정을 지었다.

"그만 일어나라."

연달아를 비롯하여 모두들 조심스럽게 일어나자 이리가수미는 흡족한 미소를 지었다.

"그러니까 너희가 과거로 돌아가지 않았으면 지금쯤 나는 츠네야마에게 죽었을 것이로군."

그는 짧은 수염이 있는 턱을 쓰다듬었다.

"애썼다. 덕분에 살았다."

이어서 그는 연달아 등에게 가까이 오라는 손짓을 했다.

"모두 가까이 오너라."

그에게 다가가는 연달아는 이리가수미 옆에 서서 부드러운 미소를 지은 채 자신을 주시하고 있는 연수영을 보자 가슴

속에서 울컥하는 감격이 치밀었다.

그것은 아버지 이리가수미에게서 느끼는 감격하고는 또
다른 것이다.

연달아에게 고모 연수영은 스승이자 또 한 사람의 어머니
였기 때문이다.

연달아가 이리가수미 바로 앞에, 그리고 뒤에는 고방아와
아랑, 을지온한 등의 순서로 무릎을 꿇고 앉았다.

이리가수미는 연달아를 바라보았다. 그의 얼굴에는 더없
는 다정함이, 두 눈에는 자애로움이 넘쳤으며, 입가에는 하고
싶은 수만 마디를 대신하는 미소가 머금어졌다.

연달아는 예전 고구려 시절에 아버지의 이런 모습을 한 번
도 본 적이 없다.

그가 기억하고 있는 아버지는 위엄 그 자체였다. 또한 아버
지는 한 번도 따스하게 연달아를 안아주거나 머리를 쓰다듬
어 준 적도 없다. 최소한 철이 든 후의 연달아가 기억하기에
는 그랬다.

"정말 내 아들 달아로구나."

"아버님……."

이리가수미는 손을 뻗어 연달아의 뺨을 어루만지며 조그
만 목소리로 중얼거렸다.

두툼하고 커다란 손에서 따스한 부정(父情)이 느껴졌다. 그

리고 목소리에는 사랑하는 아들을 대하는 아버지의 반가움과 기쁨이 녹아 있었다.

이리가수미는 1945년 일본이 패망한 해에 환생하여 지금까지 살아오면서 고구려 때하고는 또 다른 삶을 살아왔다. 말하자면 현대를 살아온 것이다.

고구려 시절이 절대자의 삶이었다면, 현대의 삶은 고독자의 외로운 삶이었다.

그래서 자신을 돌아보는 계기가 되었고, 과거 절대자의 삶에서의 실패를 되짚어보면서 반성하고 성찰하며 새로운 계획을 세우기에 이르렀던 것이다.

그는 1350여 년 전의 이리가수미가 아니다. 지금의 그는 고구려 시절에 갖지 못했던 것을 갖게 되었다. 바로 밝은 지혜와 크나큰 온화함이다.

"이리 와라. 한번 안아보자, 내 아들."

이리가수미는 연달아를 향해 두 팔을 뻗으며 자상한 미소를 지었다.

"아, 아버님……."

연달아는 가슴속에서 뜨거운 것이 솟구쳤다. 아버지의 이런 모습은 처음이다.

그러나 낯설지 않았으며 어색하지도 않았다. 오히려 1349년 만에 진짜 아버지를 찾은 것 같은 기분이 들었다.

연달아가 가까이 다가가자 이리가수미는 두 팔로 그를 부드럽게 안았다.

그러나 곧 힘을 주어 힘껏 품에 끌어안았다. 두 명의 대장부가 한 덩어리가 되었다.

"잘 왔다, 달아."

"네, 아버님."

연달아는 이리가수미의 네 명의 아들 중에서 넷째, 즉 막내아들이다.

다른 가문이었다면 막내아들은 온갖 귀여움을 독차지하면서 자랐을 것이다. 하지만 연달아에겐 먼 얘기였다.

이리가수미는 아무 말도 하지 않고 오랫동안 연달아를 안고 있다가 놓아주었다.

"가연공주."

이어서 고방아를 보며 미소 지었다.

"가까이 와라."

공주지만 고구려 시절에도 이리가수미는 고방아에게 하대를 했다.

또한 막내아들의 정혼녀라서 각별하게 아꼈으며, 행여 그녀 신변에 무슨 일이 있을까 봐 용맹한 군사들을 선발하여 그녀의 신변 호위를 하도록 했을 정도다.

그런데 아랑이 작고 빨간 입술을 삐죽거리며 톡 나섰다.

"아버님, 저는 너무 작아서 안 보이세요?"

"응?"

이리가수미는 아랑을 보며 고개를 갸웃거렸다.

"너는 누구냐?"

아랑은 두 손을 허리에 얹고 봉긋한 가슴을 불쑥 내밀었다.

"아랑이에요, 고아랑."

이리가수미의 눈이 조금 커졌다. 그리고 새삼스러운 듯 반가운 표정을 지었다.

"헛헛헛! 네가 태왕의 막내둥이 청명공주로구나. 그래, 너도 이리 오너라."

"헤헷!"

아랑은 환하게 웃으며 쪼르르 다가와서 이리가수미의 옆에 찰싹 붙어 앉았다.

이리가수미가 고방아, 아랑과 대화를 시작하자 연달아는 가만히 일어나 옆에 서 있는 연수영 앞으로 다가갔다.

연수영은 연달아를 보며 부드러운 미소를 짓고 있다. 또한 얼굴이 발그레해지고 눈이 빛나는 것으로 봐서 그를 만나 반가워하는 것 같았다.

연달아는 감개무량한 표정으로 연수영을 바라보다가 말없이 와락 끌어안았다.

"아……."

연수영은 깜짝 놀라서 나직한 신음을 토해냈다. 그녀가 연달아 품속에서 비에 젖은 참새처럼 후드득 몸을 떠는 것이 느껴졌다.

그래서 연달아는 그녀도 자기처럼 감개무량해서 그러는 것이라고 짐작했다.

예전에 연수영은 연달아를 자주 안아주었었다. 그것이 그녀의 애정 표현이었다.

그리고 그가 열다섯 살이 되어 군에 입대하기 위하여 평양성으로 떠나던 날에도 훌륭한 장수가 되라면서 힘껏 안아주며 격려했었다. 연달아는 친밀한 사람을 안아주는 것을 그녀에게 배웠다.

지금의 연수영이 25세 정도 나이지만 연달아에게는 엄연히 고모의 신분이다. 그리고 그에게 많은 것을 주었던 존경하는 스승이다.

그러므로 그가 포옹을 하는 것은 1350여 년 만에 고모와 재회를 한 조카의 스스럼없는 행동인 것이다.

연수영의 풍만한 가슴이 연달아의 가슴에 압박되어 찌그러져도, 그녀의 가느다란 허리가 그의 팔에 안겨서 버들가지처럼 휘어져도, 그의 묵직한 아랫도리가 그녀의 하체에 밀착되었어도 그는 전혀 개의치 않았다. 이것은 어디까지나 조카의 애정 표현인 것이다.

그때 아랑의 머리를 쓰다듬던 이리가수미가 연달아를 쳐다보며 미소를 지었다.

　"달아, 수영이는 너를 전혀 기억하지 못한다."

　연수영을 으스러지게 끌어안고 등을 쓰다듬고 있던 연달아는 움찔 놀랐다.

　"에?"

　그는 황급히 연수영을 놓아주고 한 걸음 뒤로 물러나면서 더욱 놀랐다.

　"에엣?"

　그가 어정쩡한 얼굴로 쳐다보자 연수영은 얼굴이 노을처럼 붉어져서 어쩔 줄 몰라 하며 겨우 그를 바라보았다.

　"안녕하세요. 연수영이에요."

　"에… 에… 엣?"

　연달아는 머릿속이 새하얘졌다.

＊　　　＊　　　＊

　이리가수미가 '전능'에 대해서 연달아에게 설명해 주었다.

　그것은 고조선이나 고구려에 얽힌 무슨 전설 같기도 하고 신화 같기도 한 이야기였다.

서기 663년, 고구려의 하늘에는 느닷없이 두 개의 태양이 빛나고 있었다.

원래의 태양에게서 멀지 않은 곳에 나란히 또 하나의 태양이 갑자기 생겨난 것이다.

기록에 의하면 미시(未時:오후 2시)에 또 하나의 태양이 갑자기 생겨났다고 한다.

하지만 원래의 태양과 새로운 태양은 구분이 가능했다. 새로운 태양이 훨씬 크고 밝았다.

그리고 붉은 기운을 많이 띠고 있으며 주위에 붉은 햇무리가 넓게 퍼져 있었다.

고구려의 백성들은 재앙이 닥쳤다는 둥 망국의 징조라는 둥 떠들면서 온 나라가 들끓었다.

예로부터 고구려는 태양을 숭배하는 민족이었다. 그런데 느닷없이 태양이 두 개가 됐으니 재앙이라고 여기는 것은 당연했다.

이리가수미는 고구려 황실의 신녀인 하백녀 나여운에게 두 개의 태양에 대해서 자문을 구했다.

그런데 나여운의 해석은 백성들하고는 전혀 달랐다. 그녀가 대조신에게 아뢰어 얻어낸 점괘에 의하면 그것은 새로운 태양도 재앙도 아니라고 했다.

오히려 고구려의 대조신인 환인천제께서 후손인 고구려의

대영웅에게 내리는 은총이라는 것이다.

고구려의 대영웅이라면 대막리지인 이리가수미다. 본인도 그렇게 생각했으며 보장태왕은 물론 만백성이 그렇게 여기고 있었다.

즉, 새로운 태양은 환인천제께서 이리가수미에게 내리는 은총이라는 것이다.

하백녀 나여운은 이리가수미에게 고조선 이래 수천 년 동안 고구려의 성지이며 신산(神山)인 의무려산(醫巫閭山)으로 가보자고 권했다. 점괘가 그곳으로 가서 환인천제께 제를 올리라고 나왔다는 것이다.

고구려에서 하백녀의 말은 절대적이므로 이리가수미는 추호의 의심도 하지 않고 하백녀 나여운과 함께 호위병을 이끌고 요동 서쪽 끝 당나라와의 국경 지대에 있는 의무려산으로 달려갔다.

전해져 내려오는 말에 의하면 단군께서 마지막에 의무려산으로 가서 신선이 되셨다고 한다.

그러므로 의무려산은 단군께서 계시는, 그래서 후손들을 지켜주는 성지인 것이다.

그래서 고구려 황실에서는 매년 4월과 9월 두 차례에 걸쳐서 의무려산에서 환인천제께 제사를 지낸다.

의무려산은 길고도 구불구불하게 뻗어 있는 산 정상부가

온통 기암괴석으로 이루어졌다.

더구나 전부 흰 바위뿐이다. 험준한 산세와 울창하게 우거진 숲 꼭대기에 빛나는 흰 바위 정상부가 길게 이어져 있어서 마치 흰 관을 쓰고 있는 듯한 광경이다.

그런 탓에 의무려산은 백암산(白巖山), 또는 백두산(白頭山)이라고도 불렸다.

고로 민족의 성산은 한반도 압록강 상류에 있는 그 백두산이 아니라 이곳 의무려산인 것이다. 그 옛날 고조선이 이곳에서 개국했으며, 주몽이 고구려를 세운 졸본이 바로 이 지역이었던 것이다.

이리가수미는 의무려산 정상부에서 환인천제께 제를 지낸 후에 호위병들과 함께 곳곳을 살피다가 어느 곳에서 운석(隕石)이 떨어진 듯한 장소를 발견했다.

높이 200여 미터에 좌우 폭이 90여 미터에 이르는 거대한 한 덩이의 바위 꼭대기 한가운데에 움푹 커다랗고 깊은 구멍이 뚫려 있었다.

장인이 정성들여서 파낸 듯 매끄러운 구멍의 크기는 한 사람이 겨우 몸을 세워서 내려갈 수 있을 정도였다.

그런데 나여운이 이리가수미 혼자서 직접 내려가야만 한다고 일러주었다.

이끌고 온 호위병들도 아니고 하백녀인 자신도 아닌, 대영웅인 이리가수미가 직접 내려가야 한다는 것이다.

이유인즉 이곳이 바로 하늘에서 은총이 내려온 곳이기 때문에 대영웅이 직접 내려가서 그것을 온몸으로 받아야 한다는 것이다.

이리가수미로서는 그것을 마다할 이유가 없다. 그래서 지니고 있던 두툼한 옷을 벗고 또 거추장스러운 것들을 다 떼어내고 혼자 구멍을 내려갔다.

20미터쯤 내려가자 구멍은 끝났다. 그런데 뜻밖에도 그곳은 하나의 아담한 장방형의 공간이었다.

이리가수미는 그곳을 자세히 살피다가 두 가지를 발견했다. 위에 깊은 구멍을 뚫고 들어온 듯한 하나의 물체가 바닥에 구덩이를 만든 채 놓여 있었다.

그리고 한쪽에 하나의 단이 놓여 있었으며 그 위에는 한 벌의 옷이 잘 개어져 있고 그 옆에 천부인(天符印) 세 개의 물건이 놓여 있었다.

천부인은 환인께서 아들 환웅에게 하사하신 세 개의 신물, 즉 청동검과 옥거울, 청동 방울이다.

그리고 이리가수미가 단 위에 잘 개어져 있는 옷을 펼치니까 흰 바탕에 금빛의 화려한 무늬가 수놓아져 있는데, 그 무늬는 다름 아닌 삼족오였다.

그래서 이리가수미는 이곳이 그 옛날 신선이 되기 위해서 의무려산으로 떠난 단웅천왕(檀雄天王), 즉 단군이 계시던 곳이라고 짐작했다.

아니, 확신했다. 단군께서는 이곳에서 신선이 되신 것이다. 그런데 바로 이곳에 환인천제의 은총이 직격으로 떨어졌다. 환인께서 손자인 단군이 마지막 거처로 삼았던 곳에 은총을 내린 것이다.

이리가수미는 거대한 바위에 20여 미터나 깊은 구멍을 뚫고 떨어진 물체를 자세히 살펴보았다.

그것은 수십 가지 색이 마구 뒤섞여 있는 둥근 물체였다. 쇠붙이 같기도 하고 나무나 돌 같기도 하며, 고체 같기도, 또는 액체 같기도 한, 그래서 성분을 종잡기 어려운 희한한 물체였다.

어른 주먹 정도 크기인데 조심스럽게 들어보니까 크기에 비해서는 조금도 무겁지 않았다. 마치 깃털 하나를 들어 올린 것 같은 무게였다.

그는 호기심을 갖고 그 물체를 이리저리 살펴보다가 실수로 그만 떨어뜨리고 말았다.

그 바람에 물체가 바닥에 떨어지며 두 쪽으로 쪼개졌다. 그런데 쪼개진 그것들은 즉시 모양이 변하더니 두 개의 원형을 이루었다. 둥근 물체가 절반으로 쪼개졌다가 각기 제 스스로 원형을 이룬 것이다.

이리가수미는 천부인과 단군의 옷은 그곳에 놔두고 두 개의 물체 중에서 하나만 갖고 그곳을 나왔다. 나여운이 밧줄을 내려서 그가 나오는 것을 도왔다.

이리가수미는 물체 두 개를 다 갖고 나오려다가 혹시 몰라서 나중을 대비한다는 생각으로 하나는 두고 나온 것이다. 그는 원래 그런 꼼꼼하고 치밀한 성격이었다.

그가 나왔을 때 하늘에 나란히 떠 있던 두 개의 태양 중에서 하나가 사라진 후였다.

새로운 태양이 사라진 것이다. 그것은 생겨난 지 정확하게 40일 만에 사라졌다.

그는 정성을 들여서 구멍을 다시 원래대로 깨끗이 메웠다. 환인천제께서 은총을 내리신 곳을 아무도 찾지 못하도록 하려는 것이다.

또한 구멍으로 빗물이 들어가거나 작은 짐승, 또는 벌레들이 들어가서 단군의 성소가 훼손되는 것을 방지하자는 의도도 있었다.

평양성으로 돌아온 그는 몇 날 며칠 동안 그 신비한 물체를 살피면서 혼자 연구해 보았다.

그 물체는 아무에게도 보여주지 않았다. 하백녀인 나여운에게도 보이지 않았다.

오히려 그녀는 이리가수미가 무엇을 갖고 왔는지도 물어

보지 않았다. 그녀는 철저하게 자신의 하백녀라는 신분에만 충실했다.

닷새가 지난 후에도 이리가수미는 여전히 그 물체가 무엇인지 짐작조차 할 수 없는 상황이었다.

단지 닷새 동안의 연구로 몇 가지 단편적인 사실들을 알아낸 정도다.

두 개로 쪼개진 물체는 어린아이 주먹 정도 크기이며 매끄럽고 단단하면서도 부드러웠다.

또한 형형색색 여러 가지 색으로 이루어져 있으며, 캄캄한 곳에서 보면 정확하게 스물여섯 가지 선명한 빛을 뿜어냈다.

또한 신기하게도 물에 넣으면 뜨고 불에 넣어도 전혀 타지 않았다.

하지만 그것뿐이다. 그런 것은 물체가 무엇인지 알아내는 데 조금도 도움이 되지 못했다.

그는 새로운 태양이 40일 동안 하늘에 떠 있었던 원인을 알아내자면 이 물체가 무엇인지를 먼저 알아내야만 한다고 믿고 있었다.

새로운 태양과 이 물체가 어떤 불가분의 관계가 있을 것이라고 생각했다.

의무려산에서 돌아온 지 엿새째 되는 날, 이리가수미는 그 물체를 갖고 보장태왕을 찾아갔다. 그와 함께 궁리해 보려는 것이다.

영양왕을 폐하고 보장태왕을 황위에 앉힌 사람은 바로 이리가수미였다.

주위에서나 역사에 기록되기를, 보장태왕이 이리가수미를 경원시한다고 하지만 사실 두 사람은 형제처럼 절친한 사이다. 모두들 잘못 알고 있는 것이다.

이리가수미와 보장태왕은 그때부터 머리를 맞대고 물체가 무엇인지 알아내려고 궁리를 거듭했다.

술을 마셔가면서 하룻밤을 꼬박 새운 두 사람은 마침내 한 가지 방법에 의견의 일치를 보았다.

그것은 간단하면서도 무식한 방법이다. 쇠망치로 힘껏 내려쳐서 부숴보자는 것이다. 깨뜨리면 뭔가 알 수 있을 것이라는 생각이다.

하지만 물체를 깨뜨려서도 무엇인지 알아내지 못한다면 환인천제께서 내리신 은총을 박살 내버린 것으로 끝나 버리고 말 것이다.

그런데도 이리가수미는 그 방법을 고수했다. 일단 결정하면 밀어붙이는 것이 바로 그의 오랜 성격이다.

아침이 됐지만 두 사람은 식사도 하지 않았다. 주위에 아무도 오지 못하게 하고, 건장하고 완력이 센 이리가수미가 물체를 단단한 철판 위에 올려놓고 커다란 쇠망치로 있는 힘껏 내려쳤다.

그러자 굉장한 폭음이 울리면서 뭔가 알 수 없는 기운이 실내를 휩쓸어 버렸다. 마치 천지개벽이 일어나는 듯한 광경이었다.

물체에 가까이 서 있던 두 사람은 엄청난 기운 때문에 기절해 버리고 말았다.

깨어났을 때에는 철판 위의 물체는 흔적도 없이 사라졌고 실내는 완전히 초토로 변했다.

사방의 벽과 지붕이 다 박살 나서 날아갔으며 실내에 있던 물건들은 단 하나도 남아 있지 않았다.

그 대신 실내에는 모래와 분말 같은 가루가 수북했다. 마치 실내에 있던 물건들이 모두 부서지거나 타버려서 가루로 변해 버린 것 같았다.

어이없게도 새로운 태양의 출현과 의무려산에서 발견한 신비한 물체에 대한 사건은 그것으로 끝나 버렸다. 그 일은 영원히 미궁에 빠졌다.

이후 고구려가 멸망의 내리막길을 구르기 시작하자 이리가수미는 식민지로 삼고 있던 일본, 즉 왜국의 큐슈 지방에 구원을 청하기 위해서 직접 바다를 건너갔다.

하지만 그는 그 길로 끝내 고구려로 돌아오지 못하고 그곳에서 숨을 거두었다.

그때부터 그는 현재에 이르기까지 열두 번 환생하여 열두 번의 다른 삶을 살았다.

원래 신비한 윤회에 의해서 선택을 받은 연속환생자들은 자신의 전생을 전혀 기억하지 못한다.

그러나 이리가수미는 자신의 첫 번째 생이었던 고구려 시절부터 일제강점기의 마지막 열두 번째 생까지의 모든 일을 너무도 또렷하게 기억하고 있었다.

그뿐만이 아니라 열두 번의 생을 사는 동안 그는 자신에게 어떤 신비한 능력이 깃들어 있다는 사실을 알게 되었다.

하지만 한꺼번에 깨달은 것은 아니다. 우연찮은 기회에 한두 개씩 깨달아서 열두 번째 생에 이르렀을 때에는 그동안 찾아낸 능력이 여덟 가지에 달했다.

그 능력들을 발휘하여 그는 열두 번의 생에서 각 시대를 이끄는 영웅으로 활약했다.

그의 두 번째 생은 대조영(大祚榮)이라는 신분이었다. 그는 멸망한 고구려의 유민으로 태어나서 다시 고구려를 부흥시키기 위해 전력을 다해 마침내 발해(渤海)를 세웠다.

또한 그의 네 번째 생은 왕건이었다. 여러 나라로 나누어진 한반도를 통일하고 백성을 도탄에서 구하여 고려(高麗)를 세운 태조 왕건이 바로 이리가수미였던 것이다.

일곱 번째 생에서는 이성계가 되어 자신이 세웠던 고려를,

그러나 타락할 대로 타락한 고려를 멸망시키고 다시 조선을 세워 태조가 되었다.

그는 나라가 위기에 처할 때마다 영웅으로 활약하면서 나라와 백성들을 구했다.

하지만 나라가 평화로운 시기에 태어나면 초야에 묻혀서 그냥 조용히 일생을 보냈다.

그리고 그는 바로 이전 생이었던 열두 번째 일제강점기 생에서 1942년 숨을 거두기 직전에 한 가지 중요한 사실을 깨닫게 되었다.

그것은 자신이 원하기만 하면 죽지 않을 수도 있다는 사실이다.

즉, 고구려 시절에 왜국으로 건너갔다가 죽음을 맞이했던 그때부터 일제강점기 열두 번째 생까지 죽지 않은 채 죽 이어서 살 수도 있었다는 사실을 깨달은 것이다.

그리고 그것이 그 옛날 고구려에 두 개의 태양이 떠올랐을 때 의무려산의 단군성소, 즉 단군총(檀君塚)에서 발견하여 깨뜨린 신비한 물체 덕분이라는 사실을 더불어 깨달았다.

하지만 그는 열두 번째 생의 죽음이 임박해서 그 사실을 깨달았기 때문에 어쩔 수 없이 죽을 수밖에 없었다.

1945년 일본이 패망한 해에 이리가수미는 마침내 열세 번째 환생을 했다.

그는 20세가 되자 보장태왕을 찾아 나섰다. 고구려 시절에 그와 함께 신비한 물체를 깨뜨렸던 보장태왕에게도 똑같은 능력이 있을 것이라고 확신했기 때문이다.

그리고 그는 여러 차례의 시행착오 끝에 5년 만에 대한민국 부산에서 보장태왕을 찾아냈다.

그가 추측했던 대로 보장태왕도 연속환생자로서 열세 번째의 생을 살고 있었다.

하지만 보장태왕은 이리가수미만큼 능력을 개발하지 못한 채 그저 작은 능력만으로 조금 특별한 생을 살아가고 있을 뿐이었다. 그렇지만 보장태왕 역시 지난 생을 다 기억하고 있었다.

당시의 보장태왕은 이리가수미보다 다섯 살 어린 스무 살이었다. 고구려 시절에도 보장태왕은 그보다 다섯 살 연하였다.

두 사람은 운명적으로 1300여 년 만에 다시 재회했으며, 원래 형제처럼 친밀했던 그들은 그때부터 고구려 제국의 건설을 의논하고 계획하기 시작했다.

이리가수미는 지금까지 몇 차례 나라를 세운 적이 있기 때문에 그것을 바탕으로 영원히 멸망하지 않을 대제국의 건설을 치밀하게 계획했다.

여기까지가 고구려에 두 개의 태양이 나타났던 시기부터

지금까지의 이리가수미의 설명이다.

　연달아 일행과 이리가수미, 연수영 등은 원래 이리가수미가 살던 일본식 대저택에서 나와 오사카의 다른 지역에 있는 그의 은밀한 별장으로 옮겼다.

　츠네야마가 일본식 대저택을 알고 있다면 그의 부하나 다른 자들도 알고 있을지 모른다고 추측했기 때문에 미리 자리를 옮긴 것이다.

　거실 소파에 둘러앉은 연달아와 이리가수미 등은 테이블에 그득히 차려져 있는 온갖 요리와 술에는 거의 손을 대지 않은 상태다.

　이리가수미의 들으면 들을수록 경악을 금할 수 없는 설명, 즉 런너의 베일이 벗겨지는 긴장된 상황이기 때문에 요리와 술을 먹고 마실 정신이 없는 것이다.

　이리가수미의 기나긴 이야기가 끝나자 그 옆에 앉은 연수영이 설명을 이었다.

　"서기 663년에 두 개의 태양이 나란히 나타났던 것과 오라버님께서 단군총에서 발견한 신비한 물체에 대해서 고도로 발달한 21세기의 과학의 힘으로 접근해 봤어요."

　연수영은 맞은편에 앉은 연달아하고 시선이 마주치면 자꾸만 얼굴을 붉혔다.

그가 자신의 조카인데도 이상하게 가슴이 두근거리고 얼굴이 화끈거리는 것을 어쩌지 못했다.

"우리는 3년 전에 물리학과 천문학, 우주과학의 세계적인 권위자들을 초청하여 그 사건의 조사를 의뢰했어요. 이후 반년여에 걸친 면밀한 조사와 분석 결과 하나의 가설이 세워졌어요."

이것이 과학적으로 증명된 실증이며 그것을 바탕으로 세운 가설이다.

우주에 존재하는 모든 원소의 수는 모두 92가지다. 그리고 인간의 몸을 구성하는 원소는 26가지다. 산소, 탄소, 수소, 질소, 칼슘, 인, 칼륨, 유황, 나트륨, 염소, 마그네슘, 철, 옥소, 망간, 구리, 아연, 규소, 비소, 불소, 니켈, 코발트, 알루미늄, 세폐움, 붕소, 스토론티움, 바나디움 등이다.

우주의 모든 원소의 기본은 원소 중에서 가장 가벼운 수소다. 또한 우주에서 가장 풍부한 원소이기도 하다.

프로톤, 즉 양성자가 하나 있으면 수소, 양성자 두 개가 결합하면 둘 중 하나가 우주의 또 다른 기본 구성 요소인 중성자가 된다.

이런 식으로 양성자와 중성자의 수를 늘려가는 이른바 핵융합을 통해서 우주의 모든 원소를 만들어낼 수가 있다. 수소 원자를 융합하는 것만으로 우주 만물을 창조하는 것이 가능하다는 얘기다.

참고로 헬륨은 양성자 두 개, 중성자 두 개로 이루어졌으며, 탄소는 열두 개의 양성자로 이루어졌다.

그러나 현실에서 두 개의 양성자가 융합하면 엄청난 반응이 일어난다.

바로 핵반응이다. 그러므로 양성자 융합이 가능한 조건을 갖춘 곳은 핵폭발을 일으키는 순간의 중심에서뿐이다.

핵폭발에서 수소가 다음 중원소인 헬륨으로 융합될 때는 엄청난 에너지가 방출된다. 핵폭발에서는 0.5마이크로 초 내에 대부분의 에너지가 방출된다.

그러므로 현실적으로 지구상에서 인위적으로 핵융합에 의해서 우주를 구성하고 있는 모든 원소를 만들어내는 것은 불가능한 일이다. 그렇게 하자면 끊임없이 핵폭발을 일으켜야 하기 때문이다.

하지만 그것이 가능한 곳이 우주다. 별들은 핵융합을 통해서 힘을 얻는다.

맹렬하게 타오르는 항성(태양처럼 스스로 빛과 열을 내면서 한자리에 머물러 있어서 전혀 움직이지 않는 것처럼 보이는 별)은 수소를 태워서 헬륨으로 만든다.

은하계에는 항성이 1천억 개 정도 있으며, 우주에는 은하가 수천억 개 있을 것으로 추정하고 있다.

항성을 타오르게 하는 원료인 수소가 떨어지면 항성은 더욱 맹렬하게 타고 계속 뜨거워져서 어느 순간 섬광과 함께 팽창하기 시작한다.

그리고 수만 년에 걸쳐서 애초의 크기보다 몇백 배나 크게 부풀어 오른다.

수소가 떨어져서 더 이상 불타지 않기 때문에 표면 온도를 유지하지 못하고 온도가 내려가면서 바야흐로 죽어가는 별인 '레드 자이언트', 즉 적색거성(赤色巨星)이 된다.

적색거성의 표면은 매우 밝은 적색으로 빛나면서, 중심으로 갈수록 점점 뜨거워지고 밀도가 높아지다가 중심핵에 이른다. 바로 그곳에서 우주를 구성하는 원소, 즉 물질들이 만들어진다.

수백 배로 팽창한 적색거성은 중심핵에서 자신의 중력과 끝없는 싸움을 벌인다.

자신의 무게를 이기지 못해서 붕괴되는 것을 필사적으로 막는 과정에서 일련의 단계를 통해 새로운 원소들이 만들어지는 것이다.

중심핵에서 수소가 모두 헬륨으로 융합되면 제1단계가 시작되어 빠르게 핵이 내부로 붕괴되고 수소와 헬륨 껍데기만 남는다.

그 껍데기 밑으로 핵붕괴가 이루어지면 다시 온도가 상승하여 마침내 섭씨 1억 도에 도달한다.

그리고 헬륨 핵들이 서로 융합하는 제2단계가 시작되어 더 많은 에너지가 방출되다가 어느 순간 방출이 멈춘다. 이 상황에서 탄소와 산소가 만들어진다.

헬륨이 소진되면 중력이 다시 힘을 발휘하여 붕괴가 계속되고 탄소 층과 산소 층이 남겨진다.

제3단계에서 온도가 상승하며 탄소는 마그네슘, 네온, 나트륨, 알루미늄으로 융합된다. 그리고 계속 온도가 상승하면서 원소들이 생성된다. 마지막의 숨 가쁜 단계는 불과 며칠 만에 끝나 버리는데 이때쯤에는 적색거성의 중심이 거의 순수한 철로 바뀌게 된다.

비로소 융합 과정이 끝나고 중심핵은 여러 원소의 층이 겹겹이 쌓인 단단한 고체가 된다.

바깥쪽은 수소 층, 그 밑은 헬륨 층이 자리 잡고, 탄소와 수소, 그리고 항성이 평생 동안 만들어온 다른 물질들의 층이 중심까지 계속된다.

일단 철로 융합되고 나면 적색거성은 더 이상 융합 반응으로 에너지를 방출하지 않는다.

이제 남은 과정은 정해진 외길 하나뿐이다. 자신의 중력에 의해서 붕괴, 즉 대폭발을 일으키는 것이다. 적색거성이 붕괴되는 시간은 채 1분도 걸리지 않는다.

그러나 이러한 항성=적색거성의 폭발로 인해서 만들어지는 원소는 단지 26가지뿐이고, 그중에서 가장 무거운 물질이 철이다.

우주에서 철보다 더 무거운 물질은 60종류가 넘는다. 그중에 인간에게, 아니, 생명에게 꼭 필요한 원소들이 있다. 하지만 그 60종류의 물질은 극소량만이 존재한다.

그 물질들을 만들어낼 수 있는 조건이 극히 까다롭기 때문이다.

수천억 개의 별이 모여 있는 하나의 은하에서 이런 조건은 백 년에 채 1분도 지속되지 않는다.

이런 조건은 우주에서 가장 큰 항성들이 최후를 맞이할 때만 만들어지기 때문이다.

질량이 최소한 태양의 아홉 배는 돼야 한다. 이렇게 큰 항성만이 무거운 원소, 즉 중원소(重元素)를 대량으로 만들어내는 데 필요한 극한의 고온에 도달할 수 있기 때문이다.

이런 항성이 최후를 맞게 되면 중심에서 핵이 중력에 굴복하여 엄청난 속도로 안쪽으로 붕괴된다.

그리고 어마어마한 힘으로 다시 팽창한다. 폭풍파가 항성의 바깥층과 충돌하면 우주에서 가장 뜨거운 섭씨 1천억 도의 고열이 발생한다.

이것이 우주에서 가장 강력한 초신성 폭발이다. 그리고 바로 그 순간에 1천억 도의 초고열 속에서 60여 개의 중원소들이 만들어지는 것이다.

이탈리아의 위대한 천문학자인 갈릴레이 갈릴레오는 어느 날 예전의 천문학에 대해서 기록한 낡은 고서를 뒤적이다가 하나의 흥미로운 내용을 발견했다.

서기 663년에 하늘에 두 개의 태양이 나란히 40일 동안 떠 있었다는 기록과 그것에 대해서 상세하게 적은 내용이다.

갈릴레오는 그 내용을 면밀하게 연구한 결과 새로운 태양은 지구에서 매우 멀리 떨어져 있는 거대한 별이 폭발을 일으킨 것이라는 결론을 내렸고, 그 별의 이름을 베텔게우스(Betelgeuse)라고 명명했다. 그리고 자신의 연구 내용을 자세히 기록했다.

베텔게우스는 오리온자리의 알파별로서 적색거성이었다. 지구에서 640광년 거리에 있으며, 직경은 태양의 900배, 15억km에 달했다.

또한 베텔게우스는 우주의 모든 구성 원소 92가지를 모두 만들어낼 수 있는 최적의 조건을 갖추었다.

실제 베텔게우스가 초신성폭발을 일으킨 것은 663년이 아니라 서기 23년이다.

1광년이란 빛이 1년 동안 갈 수 있는 거리를 말한다. 그러므로 오리온자리에 있는 베텔게우스까지의 거리 640광년은 베텔게우스가 초신성폭발을 일으킨 섬광이 지구에 도달하는

데 640년이 소요됐다는 뜻이다. 즉, 베텔게우스는 서기 23년에 초신성폭발을 했고, 지구에서는 663년에 그것을 관측했다는 얘기가 된다.

베텔게우스의 초신성폭발은 40일 동안 계속됐으며, 낮에는 태양보다 더 밝게 빛났고 밤에는 보름달보다 더 밝게 빛나 밤을 거두어냈다.

그러므로 하루 24시간 내내 캄캄한 어둠이 찾아오지 않는 백야(白夜) 현상이 40일 동안 지속됐을 것이다.

베텔게우스 같은 초거성이 폭발하면 잔해가 수억 광년 거리까지도 날아간다. 그러므로 640광년 떨어져 있는 지구에 베텔게우스의 파편이 떨어졌다고 해서 조금도 이상한 현상이 아니다.

지금까지 지구에서 발견된 우주 원소는 모두 26종류다. 지구에 존재하는 원소는 모두 112개이지만, 원래의 26원소를 변형, 파생시켜서 112개를 만들어낸 것이다.

우주를 구성하는 총 원소 92가지 중에서 66개의 원소는 지구에 존재하지 않는다.

아니면 존재하고 있지만 너무 극소량이라서 아직까지 발견하지 못했을 수도 있다. 그렇다고 해봐야 한두 개 아니면 서너 개일 것이다.

그런데 베텔게우스가 만들어낸 원소들이 초신성폭발을 하

면서 광속의 속도로 지구로 날아왔을 가능성도 전혀 배제할 수가 없다.

만약 그랬다면, 그래서 지구에 우주 원소 92가지가 모두 존재한다면 무슨 일이 일어날지 아무도 예측하지 못한다.

예측이란 앞으로 일어날 가능성이 있다는 전제하에서만 할 수 있는 것이다.

하지만 92가지 우주 원소가 지구상에 존재할 가능성이 조금도 없었으며 앞으로도 없을 것이기 때문에 예측조차 할 수가 없는 것이다.

그러면서 과학자들은 조심스럽게 의견을 내놓아 하나로 모았다.

만약 그런 일이 실제로 지구상에서 일어나 우주 원소 92개가 한 지역에 응집된다면 아마도 또 하나의 우주를 만들어낼 수 있는 빅뱅의 근원지가 될 것이라고 말이다.

그리고 그것이 한 인간에게 가해진다면 우주적 창조자, 즉 전지전능자가 될 것이라고 말이다.

제56장

전략회의

RUNNER
런너

연달아와 고방아 등은 아무도 입을 열지 못했다.

이리가수미와 연수영의 설명을 모두 듣고 난 그들의 놀라움은 상상을 초월했다.

이 자리에는 이슬비와 다카하시도 있다. 두 사람도 모든 이야기를 들었다.

이슬비는 다물의 정요원이라서 들어도 상관이 없지만 다카하시는 외부인이다. 그렇지만 연달아가 그도 함께 들어도 된다고 했다.

그만큼 그를 신뢰한다는 뜻이다. 또한 그것을 모를 리 없는 다카하시다.

이슬비는 정요원으로서 다물에 관한 것은 다 알고 있지만 지금 들은 얘기는 처음 듣는 것이라서 너무 놀라 입을 다물지 못했다.

그녀는 이런 중요한 자리에 자신을 있게 한 연달아에게 무한한 고마움과 충성심을 느꼈다.

그러므로 외인이라고 할 수 있는 다카하시의 놀라움은 다시 설명할 필요가 없다. 그는 기절하기 일보 직전의 상태였다.

"나는 이렇게 생각하고 있다."

그때 이리가수미가 조용한 음성으로 말문을 열었다.

"그 당시에 나하고 태왕이 깨뜨린 물체에는 베텔게우스가 만들어낸 92원소 중 26가지가 담겨 있었던 것 같다. 그 물체에서 26개의 빛이 뿜어졌기 때문이다."

연달아와 고방아는 그가 무슨 말을 하려는지 짐작했으나 가만히 듣기만 했다.

"그것이 깨지는 순간에 그 물체에서 나온 26가지 원소의 기운이 우리 두 사람의 몸으로 스며들었다는 생각이 든다. 그래서 그것이 우리에게 전능의 능력을 주어 런너가 되도록 한 것이지."

말하고 나서 그는 고개를 설레설레 가로저었다.

"아니다. 전능이라고는 할 수 없다. 92원소가 모두 모여야 진정한 전능이라고 할 수 있지."

너무나도 중요한 내용이라서 모두들 숨도 크게 쉬지 못한 채 듣고 있는데 이리가수미는 침착했다.

"그래서 내 생각으로는 의무려산 단군총에 남겨두고 온 또 하나의 물체에 다른 원소들이 담겨 있을 것 같은데, 과연 몇 개나 들어 있을지는 모르겠지만 먼저 것만큼은 들어 있지 않겠느냐?"

"그렇겠지요."

연달아는 고개를 끄덕이며 수긍했다.

"달아, 네가 의무려산에 가거라."

이리가수미의 말에 연달아는 움찔했다. 그러나 그는 곧 공손히 고개를 숙였다.

"그러겠습니다."

"단군총의 위치는 은한이 알려줄 것이다."

이리가수미는 을지은한을 쳐다보았다.

"저도 갈래요."

"저도 가겠습니다."

그때 아랑과 고방아가 동시에 말하고서는 서로의 얼굴을 쳐다보았다.

그러나 이리가수미는 고개를 가로저었다.

"위험하니까 너희는 따라가지 마라."

"왜요? 위험하니까 제가 따라가서 오빠를 보호해야죠!"

고방아는 아무 말도 하지 않는데 아랑은 벌떼같이 앵앵거리며 항변을 했다.

이리가수미는 엄숙한 표정을 지었다.

"그곳은 중국 땅이다. 즉, 묵인자의 안마당이라는 말이다. 무슨 뜻인지 알겠느냐?"

그래도 아랑은 지지 않고 입술을 삐죽 내밀었다.

"묵인자는 곧 돌아온다던데요?"

"묵인자가 돌아온 것을 네 눈으로 확인했느냐?"

"하지만 츠네야마하고 오쿠다라는 자가 대화하는 것을 똑똑히 들었어요."

이리가수미는 손을 들어 그만 말하라는 동작을 취했다.

"어쨌든 묵인자는 고구려에서 아직 돌아오지 않았다. 그것만은 확실하다."

이리가수미는 츠네야마와 오쿠다가 대화하는 것을 찍은 감시카메라가 어쩌면 묵인자가 던져 놓은 미끼일지 모른다고 생각하고 있다.

물론 츠네야마는 그 사실을 모를 터이다. 그가 미끼이기 때문이다.

미끼가 자신이 미끼라는 사실을 알게 되면 계획 자체가 틀어져 버리는 법이다.

미끼라는 것은 무엇인가를 얻기 위한 수단이다. 낚시를 할 때 지렁이나 떡밥 같은 미끼를 사용하는 것은 물고기를 잡기 위함이다.

묵인자가 친아들이며 장남인 츠네야마를 미끼로 내던질 정도라면 지금 그가 처한 상황이 다급하든가 아니면 매우 큰 것을 노리고 있다는 의미다.

목표는 이리가수미가 아니다. 그는 전능을 상실했기 때문에 당연히 묵인자의 리스트에서 삭제됐을 것이다.

그러므로 그가 노리는 사람은 무한런너인 연달아가 분명하다. 그리고 또 하나, 의무려산 단군총에 있는 베텔게우스에서 날아온 우주 원소가 담긴 그 물체를 손에 넣으려는 것이다.

원래 묵인자가 고구려에 간 목적은 두 가지였다. 하나는 보장태왕이 연달아를 워프시켜서 현재로 보내는 것을 저지하면서 두 사람을 죽이는 것이고, 또 하나는 그 물체를 손에 넣어 전지전능한 런너가 되는 것이었다.

추측이지만 묵인자 역시 베텔게우스의 그 물체로 인해서 런너가 됐을 것이다.

서기 663년에 그 물체가 꼭 고구려 의무려산에만 떨어졌으리라는 법은 없다.

전 세계 어디든지 떨어질 수 있는 것이고, 그중 하나가 중국에 떨어져서 당태종 이세민 수중에 들어가 런너 묵인자가 된 것이 분명하다.

만약 묵인자가 의무려산 단군총의 물체를 얻는다면 아무도 그를 대적하지 못할 터이다.

우주의 창조자이며 동시에 전지전능한 절대자를 누가 대적할 수 있다는 말인가.

또한 묵인자는 아직 고구려에 있는 것이 분명하다. 그가 단군총을 찾았을 리가 없다. 그가 보장태왕을 제압해서 고문을 하더라도 알아내지 못할 것이다. 보장태왕은 그 장소를 아예 모르기 때문이다.

단군총은 그리 쉽게 찾을 수 있는 장소가 아니다. 그러므로 그는 아직도 고구려에서 그 물체를 찾느라 혈안이 되어 있을 것이다.

그래서 자기가 현재로 돌아온 것처럼 거짓 정보를 흘려서 연달아로 하여금 안심하고 단군총으로 가게 만들어 길잡이로 삼으려는 것이 틀림없다.

"너희 둘만 가라. 알았느냐?"

이리가수미는 연달아와 을지은한을 보면서 다시 한 번 못을 박았다.

연달아 혼자 보내면 단군총을 찾지 못할 가능성이 크다. 하지만 을지은한은 하백녀 나여운의 딸이다.

그녀가 능력을 발휘한다면 663년 당시 모친의 기억을 되살

리거나 모친과 접신(接神)하는 것쯤은 별로 어려운 일이 아닐
터이다.

"흥! 아버님 미워요! 흥!"

아랑은 코가 떨어지게 콧방귀를 뀌어댔다.

하지만 그녀가 아무리 앙탈을 부려도 이리가수미는 눈 하
나 까딱하지 않았다.

연달아 일행은 오후에 이리가수미의 은밀한 별장을 나섰다.

연달아는 아버지와 며칠까지는 아니더라도 하룻밤 정도는
함께 보내면서 묵은 회포를 풀고 싶었다.

하지만 이리가수미는 단호하게 아들의 등을 떠밀다시피
떠나보냈다.

이리가수미 자신의 일도 바쁘지만 연달아더러 서둘러서
단군총에 찾아가라는 뜻이다.

연달아는 떠나기 전에 츠네야마의 심지를 완벽하게 제압
해서 그곳에 남겨두었다. 이리가수미가 그를 심문하여 새로
운 정보를 얻을 수도 있기 때문이다.

연수영은 연달아와 헤어지는 것을 몹시 섭섭하게 여겼다.
연달아에 대한 그녀의 생각이 아직 정리되지는 않았으나, 어
떤 미묘한 인연의 끈이 그녀를 쓸쓸하게 만들었다.

연수영은 이리가수미가 10여 년 전에 대한민국에서 찾아

냈는데 그가 전능을 주입하여 수호자가 됐다.

현재 그녀는 이리가수미의 곁에 남아 있는 유일한 수호자다. 그녀가 떠나면 이리가수미는 낙동강 오리알 신세가 된다.

연달아 일행은 그 길로 곧장 오사카 항에 정박해 있는 투아호에 돌아가 승선했다.

다카하시도 함께 배에 올랐다. 그리고 그에게 다물에 대한 것을 모두 설명해 주었다.

오늘 다카하시는 일생 동안 살아오면서 놀랐던 것보다 훨씬 더 큰 놀라움을 한꺼번에 연이어서 겪었다. 그러나 놀라움은 끝나지 않고 계속 이어지는 중이다.

하지만 그는 자신이 보고 듣고 또 직접 겪은 일들을 모두 다 믿었다. 믿지 않을 수가 없었다.

663년에 두 개의 태양이 떴으며 그것이 적색 초거성 베텔게우스의 초신성폭발이었다는 사실은 인터넷으로 확인을 해보면 금세 알 수 있다.

그 당시에 베텔게우스가 생성한 물체가 지구에 떨어졌으며 그중 하나가 고구려 의무려산에 떨어졌다는 사실도 충분히 가능한 일이다.

그 물체, 즉 우주 물질 중 하나가 깨져서 그 기운이 이리가수미와 보장태왕을 런너로 만들었다는 사실은 굉장한 충격과 경악이었다.

하지만 이리가수미의 전능을 물려받은 연달아가 공간이동이나 시공초월의 능력을 발휘하는 것을 직접 보고 겪은 다카하시로서는 믿지 않을 수가 없었다.

그러다 보니까 모든 사실을, 그리고 앞으로 일어날 일까지도 믿어야만 하는 상황에 이른 것이다.

"다물이 21세기, 그러니까 현재에 고구려 대제국을 건설하는 것입니까?"

설명을 다 듣고 난 다카하시는 한참 동안 침묵을 지키고 있다가 착 가라앉은 목소리로 연달아에게 물었다.

"그렇다네."

"그렇다면 일본은… 일본도 점령할 계획입니까?"

다카하시로서는 그것이 최대 관심사다. 어쨌든 그는 일본인이기 때문이다.

그러므로 연달아의 다물이 일본마저도 침략해서 대제국의 제물로 삼는다면 그는 괴로움에 빠질 것이다.

투아호 9층 호화로운 소파에 앉은 연달아는 가볍게 고개를 가로저었다.

"아직은 그럴 계획이 없네."

"아직은… 입니까?"

다카하시의 얼굴이 불안함으로 물들었다. '아직은'이라는 말은 지금은 그렇지 않지만 나중에는 그럴 수 있다는 말로도 해석할 수 있기 때문이다.

갑자기 다카하시가 소파에서 일어나 옆쪽으로 나가더니 무릎을 꿇고 연달아에게 큰절을 올렸다. 그리고 간곡한 목소리로 애원했다.

"부디 간청합니다! 일본은… 용서해 주십시오!"

그는 마치 연달아가 마음만 먹으면 일본 열도를 침략해서 지배할 수도 있는 것처럼 행동했다.

하지만 연달아는 얕은 수 따위는 쓰지 않았다. 잠시 다카하시를 안심시키려고 거짓 약속 같은 것은 하지 않았다. 물론 그는, 그리고 다물은 현재로선 일본을 점령하려는 어떠한 계획도 없는 상황이다. 하지만 거기에는 단서가 붙는다. '아직은'이라는 것이다.

연달아는 묵묵히 다카하시를 굽어보다가 중얼거렸다.

"일본이 과거 조선이나 대한민국에 저지른 만행에 대해서 용서받을 만한 일을 한다면 그리하겠네."

다카하시는 고개를 들고 연달아를 바라보았다. 그의 얼굴은 눈물범벅이었다. 눈물로써 간청을 했던 것이다.

"제가 어떻게 그 일을 하겠습니까? 저는 일본 총리도 천황도 아닙니다. 일본을 움직일 만한 능력이 제게는 없습니다. 그건 무립니다."

"우리가 중국을 공격할 때 일본이 전폭적인 군사 지원을 해준다면 과거의 죄를 탕감할 수 있을 것이다."

"하지만……."

연달아는 그것 때문에 아버지 이리가수미가 일본 내에서 수많은 공작을 진행하고 있다는 사실을 구태여 다카하시에게 말해주지는 않았다.

"자네가 다물의 일원이 되겠다면 받아주겠네. 그렇게 되면 장차 일본이 어떤 상황에 처하더라도 자네와 가족들은 무사할 거야."

다카하시의 얼굴이 착잡하게 일그러졌다.

"그럴 수는 없습니다. 누가 뭐래도 저는 일본인입니다. 반역자가 되지는 않겠습니다."

그는 강인한 표정을 지으며 연달아를 바라보았다.

"하지만 열성을 다해서 당신을 돕겠습니다."

그는 그 이상 구구한 말은 늘어놓지 않았다. 그래도 연달아는 그가 앞으로 다물을 위해서 많은 일을 해줄 것이라는 사실을 짐작했다.

"슬비야."

연달아가 해외총괄부 일본 팀장 이슬비를 부르자 소파 옆에 서 있던 그녀가 공손히 고개를 숙였다.

"말씀하십시오."

"다카하시 씨가 앞으로 할 일에 대해서 네가 알려주어라."

"알았습니다."

다카하시는 연달아가 자신을 받아들였다고 생각하여 무릎을 꿇은 자세에서 이마를 바닥에 대고 다시 절을 했다.

"감사합니다."

그는 일본이 다물의 공세를 모면할 수만 있다면 자신의 한 목숨 기꺼이 바칠 각오가 되어 있다.

하지만 다물에 얽힌 비밀을 일본 정부나 일본 경찰에 밀고할 생각은 추호도 없다.

다카하시는 투아호가 출항하기 직전에 배에서 내렸다.

투아호 대회의실에 연달아 일행과 비본부 해외총괄부 대장 을지상웅을 비롯한 스무 명의 팀장이 모여 있다.

상석에 고방아, 아랑, 을지은한 등과 앉은 연달아는 모두를 둘러보면서 엄숙한 표정으로 말했다.

"김정남이 북한의 정권을 거머쥐는 날 다물은 중국을 공격하게 될 것이다."

팽팽한 긴장감이 실내에 가득 퍼졌다.

다물 최고지도자 군왕이 드디어 거대한 삼족오의 날개를 펴려 하고 있다.

"손권호."

"넵!"

연달아의 부름에 해외총괄부 제1팀장 중국 담당 손권호는 기합이 바짝 들어서 우렁차게 대답하며 벌떡 일어나 차려 자세를 취했다.

"너의 임무가 막중하다."

다부진 용모의 40세 정도인 손권호는 부동자세로 긴장하는 표정을 지었다.

"그러나 지난번에 네가 보고한 내용, 즉 너희 팀이 중국 내에서 이루었거나 진행하고 있는 공작만으로는 전쟁을 치르기에 턱없이 부족하다. 너희 팀은 중국 내부에 더 큰 타격을 입혀야만 한다."

연달아와 고방아 등은 투아호를 타고 일본으로 향하는 도중에 을지상응과 스무 팀장들의 브리핑을 받은 적이 있다.

이후 그는 며칠 동안 그것에 대해서 곰곰이 많은 생각을 했으며, 그래서 그 정도로는 대업(大業)을 이루는 데 부족하다는 결론을 내렸다.

스무 명 팀장의 보고 내용을 들으면 그들이 맡은 바 임무를 100% 이상 전력투구하고 있다는 사실을 짐작할 수 있다.

하지만 그것만으로는 부족한 것이 사실이다. 지금 상황에서 중국과 전쟁을 벌인다면 팽팽한 줄다리기가 될 것이다. 그래서는 안 된다.

다물과 대한민국, 그리고 북한의 피해가 커질 테고, 장기전이 돼버릴지도 모른다.

그렇게 되면 기껏 대한민국을 돕겠다고 나선 미국과 일본을 비롯한 여러 나라가 자국의 여론에 밀리거나 손해를 볼 것이라는 계산을 하고 손을 빼려고 할 것이다. 그것은 최악의 시나리오다.

연달아는 중국과의 팽팽한 전쟁을 원하는 것이 아니다. 그의 목적은 느긋한 낙승이다. 이쪽의 피해를 최소화하고, 반면에 중국의 피해는 극대화하여 제풀에 주저앉아 항복하게 만들고 싶은 것이다.

그러기 위해서는 해외총괄부 전체가 200% 이상의 전력을 쏟아부어야만 한다.

"지금부터 너는 우리가 중국 내에서 일으킬 수 있는 모든 가능성에 대해서 설명해 봐라. 아무리 사소한 것이라도 빼놓지 말고 말해라."

손권호는 조금 전보다 더욱 긴장해서 무엇을 보고해야 할지 머릿속이 캄캄해졌다.

연달아는 그가 말하기를 기다리고 있지만, 손권호는 시간이 지날수록 짓누르는 중압감 때문에 진땀만 흘리다가 결국 당황하여 겨우 입을 열었다.

"잠시만 시간을 주시면 자세히 정리를 해서 보고를 드리겠습니다."

연달아는 고개를 끄덕였다.

"알았다."

그리고 그는 모든 팀장들에게 요구했다.

"한 시간을 줄 테니 모두 정리를 해오도록 하라. 내용은 중국 팀장 것과 동일하다."

불똥이 모두에게 튀었다.

"나는 쉴 거야."

"나도."

고방아가 일어서자 아랑도 따라 일어섰다. 팀장들의 보고는 온몸에 쥐가 날 정도로 따분하기 때문에 일찌감치 자리를 뜨려는 것이다.

하지만 을지은한은 연달아에게서 한 자리 건너 의자에 오도카니 자리를 지키고 앉아 있다.

아랑은 지금까지 무슨 일이 있어도 연달아 곁을 떠나지 않았지만, 보고를 듣는 것만큼은 도저히 어떻게 해볼 수가 없는 모양이다.

그녀는 그냥 가지 않고 연달아에게 다가와서 그의 뺨에 입맞춤을 하고는 손을 흔들며 대회의실을 나갔다.

이윽고 백여 평 크기의 넓은 대회의실 길쭉한 테이블 끄트머리에 연달아와 을지은한만 덩그러니 남았다.

"은한아, 이리 와라."

연달아가 옆자리를 가리키자 을지은한이 일어나서 그의 옆에 다소곳이 앉았다.

그녀는 마치 연달아의 분신이나 그림자 같다. 그것은 그녀가 연달아와 모든 것을 함께하겠다고 결심한 이후부터 달라진 모습이다.

그녀는 연달아에게 일체의 저항이나 항의, 또는 어긋난 행동을 하지 않는다.

연달아가 시키면 그것이 무엇이든 행동에 옮긴다. 그리고 자신의 요구를 한 번도 말하지 않았다. 그것이 중요하다. 그녀는 있는 듯 없는 사람이었다.

그래서 연달아가 하나의 인격체라면 을지은한은 그의 '존재'라고 할 수 있다.

연달아는 을지은한의 머리를 부드럽게 쓰다듬었다.

"단군총을 찾아낼 수 있겠느냐?"

머리를 쓰다듬어 주는 것만으로 그녀는 행복을 느끼며 방그레 미소 지었다.

"할 수 있을 것 같아요."

"부탁한다."

"네."

연달아는 저만치에 대기하고 있는 늘씬한 여자 부요원 중에 한 명을 손짓으로 불러놓고는 을지은한에게 커피를 마시겠느냐고 물었다.

"오빠하고 같은 것으로요."

연달아는 여자 부요원에게 믹스커피를 두 잔 타달라고 부탁했다. 그리고 하나는 물을 좀 많이 부어달라고 요구했다.

"나두요."

그러자 돌아서는 여자 부요원에게 을지은한이 수줍은 듯이 말했다.

커피는 종류가 매우 많고 또 맛과 향이 뛰어난 고급스러운 커피도 많은데, 연달아는 항상 커피와 크림, 설탕이 기다란 막대 봉지에 함께 들어 있는 믹스커피만을 마신다. 처음에 고방아의 집에서 마신 커피가 그것이었고 맛있다고 생각했기 때문이다.

연달아와 을지은한은 한동안 조용히 커피만 마셨다. 연달아는 약간 씁쓸하고 부드러우면서 달달한 커피 맛을 음미하며 그윽하게 눈을 감았다.

을지은한은 그를 보고 따라 한 것이 아닌데도 똑같이 행동하고 있었다.

나란히 선 두 그루 나무의 나뭇가지가 서로 맞닿으면 오랜 세월이 지나서 나뭇가지가 붙어 연리지(連理枝)가 되는 것처럼, 그녀는 어느덧 연달아와 이심전심 마음이 통하는 단계에 이른 듯했다.

"은한아."

"네."

연달아는 문득 생각나는 것이 있어서 커피 잔을 입에서 떼며 조용히 그녀를 불렀다.

"이제 그만 옥군을 용서해 주는 것이 어떻겠느냐?"

을지은한은 두 손으로 꼭 잡은 커피 잔을 물끄러미 굽어보며 아무 말도 하지 않았다.

"너 혹시… 지난번에 내가 너에게 전능을 주입시켜 줄 때 너의 벗은 몸을 본 것 때문에 그러는 것이냐?"

그때 을지은한은 연달아에게 '앞으로 자기를 책임져라' 는 식으로 말했었다.

연달아는 빙그레 미소 지었다.

"네 마음을 이해한다. 하지만 그것은 잘못된 생각인 것 같구나. 그런 식으로 한다면 나는 앞으로 벗은 몸을 보게 된 여자들을 모두 부인으로 맞이해야 하는 것 아니냐?"

을지은한은 꼼짝도 하지 않았다.

"너와 옥군은 그렇게 쉽사리 헤어질 사이가 아니지 않느냐? 그러니까 지난 일은 다 잊고……."

"그 사람을 사랑하지 않았어요."

을지은한이 갑자기 조용하게 말했다. 도발적이지도 않고

항의하는 듯한 목소리도 아니다.

"옥군을 사랑하지 않았다고?"

연달아는 뜻밖의 말을 듣고 어리둥절한 표정을 지었다.

"네. 솔직하게 말씀드리면… 저는 그 사람을 누군가의 대용으로 삼았던 것이에요."

"누군가의 대용이라니?"

"원래… 저는 목숨보다 더 사랑하는 사람이 있었어요."

연달아는 적잖이 놀라는 얼굴로 그녀를 보았다.

"그게 누구냐?"

을지은한은 여전히 꼼짝도 하지 않은 채 두 손으로 커피 잔을 꼭 붙잡았다.

그녀가 고개를 푹 숙이고 있어서 얼굴이 보이지 않았지만 용기를 내려고 애쓰는 기색이다. 그리고는 기어들어 가는 목소리로 겨우 말했다.

"오빠예요."

"뭐어? 누구?"

못 들은 게 아니다. 잘못 들은 것 같아서, 그리고 놀라서 재차 물었다.

"저는 고구려 시절에 15세 때 황궁에서 우연히 오빠를 보게 되어 첫눈에 반했어요. 그 이후 오빠를 먼발치에서라도 바라보기 위해서 걸핏하면 어머니를 졸라 황궁에 따라가서 가연공주의 거처 근처를 서성거렸어요. 오빠께서 가연공주, 그리고 청명공주와 함께 계셨기 때문이에요."

연달아는 뒤통수를 한 대 얻어맞은 것 같은 기분이다. 그런 일이 있었을 것이라고는 꿈에도 예상하지 못했다.

연달아는 그녀의 가녀린 몸이 가늘게 떨리는 것을 보고 그녀가 매우 힘들어한다는 것을 알았다.

"그 이후에 오빠께서 요동에서 전투 중에 장렬하게 전사하셨다는 소식을 듣고… 저는 그때부터 오빠만을 생각하면서 살았어요."

"너는 당나라에 노예로 끌려갔다고 하지 않았느냐?"

당나라에서 무사했었느냐고 묻는 것이다. 을지은한처럼 아름다운 소녀를 당나라 놈들이 그냥 놔둘 리가 없다.

"저는……."

그녀의 몸이 더욱 격렬하게 떨렸다. 그 모습은 마치 내리퍼붓는 소나기를 혼자서 고스란히 맞고 있는 한 송이 수선화 같았다.

"열아홉 살 봄에 낙양 낙수 강물에 몸을 던졌어요."

"너……."

연달아는 놀라서 움찔했다. 낙수는 당나라 낙양 근처에 있는 유명한 강이다. 그렇다면 그녀는 노예가 되어 낙양으로 끌려갔고 낙수에 몸을 던져 스스로 목숨을 끊었다는 뜻이다.

그녀가 괜히 자살했을 리는 없다. 남자들이 그녀의 몸을 더 럽히려고 했을 것이다.

그래서 결국 그런 극한 방법을 선택한 것이 분명했다. 연달 아는 그녀가 자살을 했다는 사실은 금시초문이다. 그는 그녀 가 너무도 측은하여 가슴이 아팠다.

"제 가슴속에는 이미 오빠가 계셨기 때문에 어느 누구에게 도 몸을 허락할 수 없었어요."

을지은한의 목소리는 너무 작았고 흐느낌이 섞였다. 하지 만 연달아는 똑똑히 알아들었다. 그래서 그는 가슴이 미어지 는 듯했다.

"은한아."

그는 자신을 연모한 나머지 스스로 목숨까지 끊은 을지은 한에게 정옥군과 잘해보라고 더 이상 말할 수가 없었다. 그것 은 그녀를 모욕하는 것이다.

그렇다고 어떻게 위로해야 할지도 알지 못했다. 그래서 착 잡한 심정으로 물끄러미 그녀를 바라보기만 했다.

을지은한은 그 옛날 타국 땅 차가운 강물에 몸을 던졌던 기 억이 새삼스럽게 너무도 생생하게 떠올라서 한참이나 소리를 죽여서 울었다.

그리고 연달아는 그녀를 바라보기만 했다. 그러면서 그의 마음도 덩달아서 쓸쓸해졌다.

중국 팀장 손권호를 필두로 팀장들의 새로운 보고를 듣는 데 6시간이나 소요됐다.

보고를 듣는 동안 연달아는 꼿꼿한 자세로 한마디도 하지 않고 듣기만 했다. 그리고 을지은한은 그의 곁에서 역시 다소 곳이 앉아 있었다.

연달아는 보고 내용을 메모하지 않았다. 그럴 필요가 없다. 팀장들이 한 말을 한마디도 빼놓지 않고 모조리 기억하고 있기 때문이다.

"지도를 보여주게."

연달아의 말에 테이블 끝에 앉은 아프리카 담당 20팀장 우자승이 리모컨을 조작하자 테이블 끝 천장에서 대형 TV가 스르르 내려왔다.

TV에 나타난 것은 대한민국과 일본, 중국 등 극동아시아가 중심이 된 세계지도였다.

우자승은 중국의 주변국들을 커서로 일일이 짚어가면서 각 나라에 대해서 자세히 설명했다.

연달아는 고개를 끄덕이고 나서 을지상웅에게 부탁했다.

"내가 잘못 말하거나 틀렸을 때는 지적해 주게."

이어서 20팀장 우자승을 가까이 오라고 해서 리모컨을 어떻게 조작하는지 배웠다.

"모두의 설명은 잘 들었다. 너희가 설명한 내용들을 가지고 지금부터 의논을 해보도록 하자."

여섯 시간 동안의 강행군이었으나 아무도 지루한 표정을 짓지 않았고 자세도 흐트러뜨리지 않았다.

"우선 중국부터 시작하자."

'중국부터' 라는 말에 손권호는 얼음 덩어리가 됐다. 그는 소리가 나지 않게 심호흡을 한 후에 벌떡 일어나서 자신의 의견을 피력했다.

"제 소견으로는, 우선 중국 지도부를 와해시키는 방법을 시도해 볼 만하다고 생각합니다."

"음. 계속해 보게."

손권호의 의견은 지금까지 거론된 적이 없는 것이다. 연달아가 다시 생각해 보라고 지시하지 않았으면 나오지 않았을 방법이다.

"중국의 주석과 부주석, 상무위원장, 총리, 부총리, 국무위원 최고위급들을 서로 반목하게 만들거나 부정부패를 저지른 것처럼 꾸며서 실각(失脚)시키는 것입니다."

느닷없는, 그리고 엄청난 제안에 모두들 놀라면서도 바짝 긴장했다.

"아직 구체적인 계획은 세우지 않았으나 그 계획이 성공한다면 중국 지도부는 큰 위기에 처하게 될 것입니다."

연달아는 손권호의 의견에 흥미가 생겼다.

"좋은 의견이다. 지금부터 거기에 대해서 의논해 보자. 좋은 생각이 있으면 모두들 주저하지 말고 말해봐라."

그때부터 중국 최고 지도부를 와해시키는 여러 가지 방법이 속속 나와서 그 가운데 몇 가지가 채택되었다.

또한 모두들 기탄없이 의견을 개진하는 도중에 중국에 큰 타격을 줄 수 있는 기발한 계획 몇 개가 뜻하지 않게 튀어나왔다.

이를테면 중국 내 소수민족 중에서 자기네들의 독립국가를 세우고자 하는 과격 세력에게 은밀히 무기를 제공하고 또 테러와 게릴라전, 중국 정부와의 협상, 협박을 하는 방법과 수순, 기교 등 독립국가를 세우기 위한 제반 사항들을 가르치는 방법이 채택됐다.

또 다른 것으로는, 중국 국경지대에 주둔하고 있는 중국군 장교들을 포섭하여 인접 국가에 군사적인 도발을 감행하도록 만드는 방법이다.

러시아와의 국경지대를 도발하는 것이 최상이라는 의견이 지배적이다.

그것도 한 군데가 아니라 중, 러 국경 여러 곳에서 동시다발적으로 군사적 도발을 감행하여 러시아군이나 도시에 큰 피해를 입히는 것이다.

물론 중국이 선전포고도 하지 않고 러시아를 침공한 것이어야만 한다.

그렇게 되면 군사 대국 러시아가 절대로 묵인하지 않을 것이다. 중국의 어떤 협상이나 보상에도 끄떡하지 않고 군사적인 보복을 가할 것이다. 그 정도로 강력한 도발을 해야만 한다.

"민영옥."

"네!"

연달아의 부름에 8팀장이 벌떡 일어났다.

"너도 국경 도발을 시도하는 쪽으로 가닥을 잡아라."

민영옥은 바짝 긴장했다. 그녀는 인도차이나, 즉 라오스, 캄보디아, 베트남 담당이다. 세 나라는 모두 북쪽, 혹은 동북쪽으로 중국과 국경을 이루고 있다.

러시아가 중국의 북쪽에서, 인도차이나 3국이 중국의 서남쪽에서 동시에 진격하면 중국은 크게 당황할 것이다.

전쟁에서 전선이 두 곳 이상이면 반드시 패한다는 것이 정설이다. 전력이 분산되기 때문이다.

세계이차대전 때의 독일은 유럽을 거의 점령한 상태에서 소련을 침공하는 패착 때문에 결국 패전했다.

그리고 일본은 중국을 비롯한 동남아시아를 상대로 이른바 대동아전쟁을 벌이는 중에 하와이의 진주만을 급습하는 바람에 미국을 끌어들이게 됐다.

그 결과 일본은 미국에게 원자폭탄 두 방을 얻어맞고 무조건 항복을 하고 말았다.

그 이후 전쟁을 벌였을 때 전선이 두 곳 이상으로 확전되면 필패(必敗)한다는 것이 전쟁의 교과서가 되었다.

이런 몇 가지 전략으로 중국을 뒤흔들어 놓고서, 그다음에는 손권호가 그동안 은밀하게 추진해 왔던 작전을 한꺼번에 터뜨려 버린다.

여섯 시간에 걸친 보고에 이어서 그보다 긴 아홉 시간 동안 작전회의가 벌어졌다.

장장 열다섯 시간 동안의 마라톤회의 중간에 두 차례 식사를 했으며 여러 차례 간식을 먹으면서 휴식을 취했다.

하지만 그러는 와중에도 회의는 멈추지 않았다. 연달아가 쉴 때는 쉬라고 해도 팀장들은 먹으면서, 그리고 쉬면서 자신들이 작성한 보고서를 보고 또 보며 토론을 하면서 수많은 계획을 세웠다가 삭제하기를 반복했다.

그리고 열다섯 시간 후에 마침내 다물 비본부 해외총괄부의 중국 대전략이 마무리되었다.

전날 오후 3시에 시작된 작전회의가 다음날 새벽 6시에 비로소 끝났다.

그런데도 연달아와 을지은한, 을지상웅을 비롯한 스무 명의 팀장은 쌩쌩했다. 아무도 하품을 하지 않았고 졸려서 눈을 비비지도 않았다.

다물의 최고지도자 군왕을 중심으로 열다섯 시간 밤을 새워서 머리를 맞대고 숙의를 거듭한 끝에 이루어낸 결과에 대만족하기 때문이었다.

더구나 하늘같은 존재인 군왕과 함께 회의를 한 시간이 너무도 소중했다.

그리고 이 작전회의는 모두가 군왕에 대해서 더 많이, 그리고 자세히 알게 된 계기가 되었다.

을지상응과 팀장들은 군왕의 놀라운 기억력과 탁월한 순발력, 역발상적인 기발한 두뇌에 놀라고 감탄했다.

뿐만 아니라 작전회의를 물 흐르듯이 추호의 막힘도 없이 주재하는 그의 능력에 혀를 내둘렀다.

그리고 마지막으로 팀장 한 명 한 명을 일일이 배려하면서 어느 누구도 소홀하게 대하지 않는 그의 진심 어린 인간성에 흠뻑 매료되고 말았다.

작전회의 결과는 대성공이었다. 모두들 부푼 가슴을 안고 자신들의 거처로 발걸음을 옮겼다.

척—

연달아가 침실 문을 열고 들여다보니 커다란 침대에서 고방아와 아랑이 세상모르고 잠들어 있었다.

그가 들어가서 침대에 누우면 그녀들이 깰까 봐 살짝 문을 닫고 옆 침실 문을 열었다.

을지은한이 그에게 공손히 허리를 굽혀 인사를 하고는 그가 문을 닫고 들어가기를 기다렸다. 그가 들어가야지만 그녀도 자신의 침실로 들어갈 것이다.

두 손을 앞에 모으고 함초롬히 서서 수줍은 듯 그를 바라보고 있는 을지은한을 보면서 연달아는 문득 그녀가 옛날에 낙수에 몸을 던져서 자살을 했었다는 말이 떠올랐다. 그는 마음이 짠해져서 미소를 지으며 손을 뻗어 그녀의 어깨를 감쌌다.

"이리 와라. 같이 자자."

을지은한은 깜짝 놀라서 눈을 동그랗게 떴다. 얼마나 놀랐는지 뒤로 한 발자국 물러서기까지 했다.

"왜, 싫으냐?"

을지은한은 입을 열지 않고 고개를 세차게 도리질 쳤다.

커다란 침대 한가운데 벌렁 누운 연달아는 왼쪽 팔을 뻗으며 을지은한을 돌아보았다.

"팔 베라."

을지은한은 연달아에게서 30cm쯤 떨어져서 똑바로 누워두 손을 가슴에 얹고 눈을 꼭 감고 있다가 조심스럽게 그에게 다가와 팔에 머리를 얹었다.

그런데 뒷머리를 대고 여전히 똑바로 누운 자세다. 그리고 온몸이 꽁꽁 언 것처럼 뻣뻣해져 있다.

연달아는 을지은한의 울렁증을 없애주고 친밀감을 갖자는 뜻에서 팔을 베라고 했는데 그녀는 나무토막이나 다름없는 모습이다. 그래서는 팔을 베고 자는 의미가 없다.

슥—

연달아가 그녀가 베고 있는 팔을 당겨서 자기 쪽으로 돌아눕게 하면서 꼭 안았다.

그런데도 그녀는 그를 향해서 누운 상태에서 뻣뻣하게 차려 자세를 취하고 있었다.

"팔 올려라."

연달아가 조용히 말하자 그녀는 조심스럽게 왼팔을 그의 가슴에 얹었다.

"다리 올려라."

한 번도 그의 말을 거역해 본 적도, 이견을 제시한 적도 없는 그녀는 이번에는 다리를 살그머니 그의 하체에 얹는데 다리가 달달 떨렸다. 하지만 왼쪽 무릎을 그의 골반에 살짝 걸치기만 했다.

슥—

연달아는 오른손으로 그녀의 무릎을 잡아서 자기 쪽으로 슬쩍 잡아당겼다.

그러자 그녀의 다리가 허벅지까지 그의 하체에 얹어지고,
따라서 그녀의 몸도 그의 몸에 절반 이상 겹쳐지는 듯한 자세
가 되었다.

"하아……."

극도로 긴장한 을지은한은 입술을 깨물면서 참으려고 했
는데 입술 사이로 달뜬 뜨거운 숨소리가 새어 나왔다.

그가 다리를 잡아당기는 바람에 그녀의 은밀한 부위가 그
의 허벅지 바깥쪽에 짓누르듯이 밀착되었고, 반면에 그녀의
허벅지 안쪽에는 그의 음경이 묵직한 느낌으로 전해졌다. 또
한 그녀의 가슴은 그의 가슴과 옆구리에 짓눌렸다.

그래서 그녀는 심장이 금방이라도 터질 것처럼 미친 듯이
쿵쾅거렸고, 입에서는 연신 뜨거운 호흡이 토해졌다.

"자자."

하지만 연달아는 태연하게 한마디 하더니 잠시 후에 깊은
잠에 빠져들어 나직하게 코까지 골았다.

그렇지만 을지은한은 그때부터 오랫동안 잠을 이루지 못
했다. 또한 그가 깰까 봐 손가락 하나도 움직이지 않았다.

제57장

단군총을 찾아서

RUNNER
런너

경기도 모 지역에 위치한 다물 외본부.

표면상으로는 신시그룹 IT연구소라고 되어 있지만, 10층짜리 매머드 건물인 본관과 다섯 개의 부속 건물, 별관들이 모두 외본부로 사용되고 있다.

VIP 휴게실에 두 사람이 있다. 모자지간으로 보이는 그들은 소파에 나란히 앉아 있으며, 꼿꼿한 자세로 두리번거리면서 몹시 긴장하고 또 초조한 표정이 역력했다.

이들 모자는 깨끗하고 좋은 옷을 입고 있지만 전혀 어울리지 않는 모습이다.

마치 좋은 옷을 평생 처음 입어본 사람처럼 영 어색했다. 허수아비에게 옷을 입혀놓은 듯했다.

또한 까무잡잡한 얼굴에 눈과 뺨이 퀭하게 움푹 들어갔으며 입술이 까칠한 것으로 미루어 지독한 영양실조 상태인 것을 알 수가 있다.

그리고 얼굴에는 왠지 불안한 기색이 역력했으며 눈동자가 쉴 새 없이 이리저리 굴렀다.

두 사람은 아무 말도 하지 않고 서로 손을 꼭 잡고 있었다. 손을 놓으면 영원히 헤어질 것 같은 불안한 모습이다. 테이블에는 고급 양과자와 음료수가 놓여 있지만 손도 대지 않았다.

척!

그때 문이 열리자 모자는 화들짝 놀라 그 자리에서 벌떡 일어났다.

문을 열고 들어온 사람은 연달아와 아랑이다. 모자(母子)는 헌칠하게 잘생긴 연달아와 인형처럼 예쁘고 귀여운 아랑을 보고 바짝 긴장했다.

하지만 두 사람 뒤에서 조심스럽게 따라 들어오고 있는 한 사람을 발견하고는 깜짝 놀라 눈물을 왈칵 쏟으면서 동시에 외쳤다.

"양순아!"

"누부야!"

연달아와 아랑 뒤에서 따라 들어온 사람은 서양순이다. 그녀는 바짝 긴장한 얼굴로 실내를 기웃거리다가 모자를 발견하자 엎어질 듯이 달려갔다.

"제마! 애끼야!"

서양순은 엄마와 남동생을 한꺼번에 그러안고 참았던 울음을 터뜨렸다.

서양순이 투아호를 타고 일본에 들렀다가 대한민국으로 돌아오는 엿새 동안에 다물의 북한팀 정요원들은 그녀가 알려준 주소를 갖고 함흥시 흥남 구역에서 그녀의 엄마와 남동생을 어렵지 않게 찾아냈다.

그리고는 지체 없이 두 사람을 흥남부두로 데려갔다. 이어서 북한산 어패류를 싣고 대한민국 속초항으로 출항하는 화물선에 두 사람을 은밀하게 태웠다.

두 사람을 북한에서 빼내는 일은 간단했다. 그것은 다물의 북한팀이 북한 내에 거미줄 같은 조직망을 구축해 두었으며, 또한 웬만한 지역의 우두머리들을 이미 포섭해 두었기 때문이다.

만약 그런 조직망이 없었다면 두 사람을 탈출시키는 일은 다른 루트를 이용해야만 하고 노력은 몇 배나 더 쏟아야 했을 것이다.

두 사람의 탈출은 서양순으로부터 주소를 받은 날로부터

불과 이틀 만에 이루어졌다.

이후 이들 모자는 이곳 다물 외본부에서 나흘 동안 묵으면서 서양순을 기다리고 있었다.

연달아와 아랑은 서양순이 가족과 상봉하는 광경을 흐뭇한 미소를 지으며 바라보았다.

*   *   *

마카오와 일본을 들러 귀국한 연달아 일행은 그때부터 한 달 가까운 꽤 긴 휴식 시간을 가졌다.

대한민국의 대통령 선거를 기다리고 있는 것이다.

다물의 정요원이며 한민족당 대통령 후보인 이명훈 의원이 선거에서 승리해야지만 다물의 21세기 고구려 제국 건설이 비로소 시동을 걸게 된다.

국내의 모든 언론사가 이명훈 후보가 압승할 것이라고 연일 설문 조사 결과를 대대적으로 발표하고 있다. 굳이 설문 조사가 아니더라도 다물에서는 이명훈 후보가 낙승할 것이라고 짐작하고 있다.

하지만 세상일이라는 것은 어떤 변화가 일어날지 아무도 모른다. 그러므로 선거 결과는 투표를 하고 개표를 해봐야 아는 것이다.

연달아는 대통령 선거가 끝나고 이명훈 후보가 차기 대통령으로 당선되는 것을 확인하고서 행동을 개시할 예정이다.

먼저 요동 의무려산으로 가서 단군총을 찾아 우주 원소가 담겨 있는 물체를 찾아야 한다.

아니, 찾는 즉시 그 자리에서 물체를 깨뜨려서 자신의 것으로 만들어야 한다. 지니고 다니다가 무슨 일을 당할지 모르기 때문이다.

이후 북한으로 잠입할 것이다. 김정남을 데리고 북한에 들어가서 김정은을 끌어내려서 김정남 지도 체제로 바꿔놓아야 한다.

다물 북한팀이 이미 완벽하게 준비를 끝내놓고 연달아와 김정남을 목 빠지게 기다리고 있는 중이다.

또한 김정은과 그의 측근들은 김정남을 납치하거나 암살하려던 은밀한 작전이 실패했기 때문에 크게 위축되어 있는 상황이다.

반면에 김정남 지지 세력은 기세가 오를 대로 올랐다. 김정은의 특별 지시로 김정남 암살팀이 마카오로 떠났다는 사실은 극비 사항이었으나, 김정남 지지 세력은 그 사실뿐 아니라 암살 작전이 실패했다는 사실까지도 훤하게 알고 있다.

더구나 김정남 지지 세력의 굵직한 인물 거의 대부분이 다물 북한팀에게 포섭된 상황이다. 그래서 김정남이 머지않아

서 북한에 들어온다는 사실을 알고는 사기가 하늘을 찌를 정
도로 충천해 있다.

*   *   *

　2012년 12월 22일. 연달아와 을지은한은 인천공항을 출발
하여 베이징공항에 도착했다.

　사흘 전에 치러진 대한민국 대통령 선거에서 한민족당 이
명훈 후보가 압도적인 표 차이로 압승을 거두었다. 그래서 다
물은 마침내 북한 계획을 실행에 옮겼다.

　북한 계획이 막바지에 이르면 의무려산에서의 일을 마친
연달아와 을지은한이 합류하게 될 것이다.

　두 사람은 사람들의 눈길을 끌지 않으려고 신혼부부로 위
장을 하고 있는 모습이다.

　둘 다 커플룩 차림이다. 모자와 선글라스, 간편한 캐주얼
등산복에 바지와 신발까지 똑같이 꾸몄다.

　단지 연달아가 메고 있는 배낭이 을지은한 것보다 조금 더
크다는 것만 달랐다.

　그렇게 꾸며준 사람은 고선우다. 다 차려입은 두 사람을 보
고 고방아는 정말 신혼부부 같다면서 환하게 웃고, 아랑은 심
통을 내면서 입술을 삐죽거렸다.

연달아와 을지은한은 중국어에 능통한 편이다. 고구려는 수나라와 그 뒤를 이어 들어선 당나라하고 수백 년에 걸쳐서 줄곧 전쟁을 치르는 상황이었으므로, 연달아 같은 장군과 하백녀의 딸인 을지은한이 중국어, 즉 한어를 배우는 것은 필수적이었다.

하지만 언어라는 것은 세월이 흐름에 따라서 조금씩 변하게 마련이다.

고구려 시대의 언어와 조선시대의 언어, 그리고 대한민국의 언어가 차이가 나듯이 한어 역시 수, 당시대와 현재는 확연하게 차이가 났다.

연달아와 을지은한이 한어에 능통하지만 지금 사용하면 마치 풍류를 즐기는 노인네가 옛 시조를 읊는 것 같은 말투가 돼버린다.

두 사람이 베이징공항에 내려서 택시를 타고 기사에게 베이징 역까지 가자고 하니까 기사는 그 말을 한 연달아를 뒤돌아보더니 한참이나 숨이 넘어갈 정도로 웃고 나서야 다시 행선지를 물었다.

"在哪里, 你会说会吗 (어디로 간다고 말했습니까)?"

연달아는 일부러 대답하지 않고 가만히 있었다. 그러면서 택시기사의 말투를 면밀하게 분석을 해봤다.

그가 듣기에 택시기사의 말투는 매우 빠르고 불필요한 군더더기가 없었다.

"再次告诉我. 在哪里(다시 한 번 말씀해 주십시오. 어디라고
요)?"

택시기사가 다시 한 번 묻자 조금 감을 잡은 연달아는 그의
말투를 흉내 내어 대답했다.

"让我们去北京站(베이징 역에 갑시다)."

"知道了(알았습니다)."

택시기사는 비로소 알아듣고 택시를 출발시켰다.

을지은한은 연달아가 택시기사의 말을 딱 두 번 듣고 거의
흡사하게 말투를 흉내 내자 놀라면서도 감탄하며 그의 옆얼
굴을 바라보았다.

베이징 역에서 심양까지 특급열차를 타고 네 시간 동안 가
면서 연달아는 점점 말이 없어졌다.

원래 과묵한 성격인 그가 한두 마디 하던 것마저 아예 입을
다물어 버리니까 을지은한은 가시방석에 앉은 것처럼 불편해
서 견디기 어려웠다.

을지은한은 연달아가 왜 그러는지 짐작할 수 있었다. 두 사
람이 타고 있는 열차의 목적지 심양은 지금은 요령, 즉 랴오
닝이지만 고구려 시대에는 요서(遼西) 지역이었다.

연달아가 욕살로 있던 요동 바로 서쪽 옆이 요서였다. 그는

요서는 물론이고 그 너머 열하(熱河)까지도 몇 차례 가본 적이 있다.

그는 1340여 년 전에 자신이 지배했던 땅으로 가고 있기 때문에 온갖 감회에 빠져든 것이다.

을지은한은 연달아의 그런 모습을 보면서 자신도 모르게 쓰라린 회상 속으로 빠져들었다.

그녀는 고구려가 멸망하고 노예가 되어 당나라로 끌려갔던 일과 당나라의 황도 장안과 낙양에서의 끔찍했던 노예 생활, 그리고 끝내 낙수에 열아홉 살 어린 몸을 던져야만 했던 기억을 떠올리다가 주르르 눈물을 흘렸다.

연달아는 자신의 생각에만 깊이 빠져 있다가 맞은편에 앉은 사람들이 이상한 표정을 짓는 것을 발견했다. 그런데 그 사람들은 연달아가 아니라 을지은한을 보면서 서로 귀엣말로 숙덕거렸다.

그가 쳐다보니 을지은한은 차창 밖의 먼 곳을 응시하면서 하염없이 눈물을 흘리고 있었다.

연달아는 아차 싶었다. 자신에게 뼈아픈 과거가 있다면 그녀에겐 그보다 훨씬 더 큰 아픔이 있다는 사실을 간과하고 있었던 것이다.

그런데도 그는 자신의 과거에만 매달린 채 을지은한을 전혀 생각하지 않고 있었다.

게다가 그것을 앞자리에 마주 보고 앉은 사람들에 의해서 깨닫게 되었으니 그녀에게 무심했던 미안한 마음을 금할 수가 없었다.

그는 말없이 손을 뻗어 그녀의 어깨를 감싸고 자기 쪽으로 부드럽게 끌어당겼다.

그녀는 깜짝 놀랐으나 곧 그의 어깨에 머리를 기대면서 자신이 울고 있었다는 사실을 깨달았다.

그리고 자기가 우는 바람에 주위 사람들의 시선을 끌었다는 것을 알고 적잖이 당황했다.

연달아는 맞은편에 앉은 사람들을 보면서 빙그레 미소를 지어 보였다.

"우린 오늘 결혼했소. 그래서 그녀는 너무 행복해서 우는 것이오."

을지은한은 고개를 끄덕이며 환하게 미소를 지었다.

그제야 맞은편의 사람들은 얼굴을 풀고 결혼을 축하한다고 한마디씩 인사를 했다.

연달아와 을지은한이 심양에 도착했을 때는 밤 10시가 넘었다.

밤이 너무 늦었기 때문에 두 사람은 내일 일찍 의무려산으로 출발하기로 하고 오늘 밤은 역에서 멀지 않은 호텔에서 묵기로 했다.

다물 해외총괄부의 중국팀은 군왕인 연달아가 이곳에 온 줄은 모르고 있다.

이 사실을 알고 있는 사람은 연달아와 고방아, 그리고 연정 토를 비롯한 다물수호대뿐이다.

그가 이곳에 오는 것을 해외총괄부 중국팀이 안다면 필시 정요원들이 베이징공항으로 영접을 나오고 심양까지의 차편 이나 호텔을 예약하고 의무려산까지 불편함없이 모든 편의를 도모했을 것이다.

그러는 것이 편하기는 해도 눈에 띌 가능성은 더 커진다. 중 국 공안의 시선을 끌거나 묵인자의 조직이 이곳에 없다고 장 담할 수 없다. 비밀이란 많은 사람이 알수록 발각되기 쉬운 법 이다. 그래서 연달아는 을지은한과 단둘이 이곳에 온 것이다.

중국 지방의 호텔들은 최고급이라고 해도 대한민국의 괜 찮은 모텔 수준에 불과하다.

연달아와 을지은한은 저녁을 먹지 않은 탓에 출출하기도 해서 호텔 앞 식당에서 안주 겸 요리 두어 가지와 중국 전통 술 몇 병을 사가지고 호텔방으로 들어갔다.

이곳의 문물도 잘 모르는데 밖에서 어수선하게 돌아다니 느니 호텔 방에서 먹고 마시다가 잠드는 것이 더 편할 것이라 고 생각해서다.

창가 테이블에 사갖고 들어온 요리와 술, 술잔, 젓가락을
을지은한이 정성스럽게 차렸다.

연달아가 욕실에서 샤워를 하고 나오자 그녀는 욕실 입구
에 다소곳이 서서 기다리고 있었다.

그녀의 두 손에는 호텔에서 제공한 곱게 갠 나이트가운과
서울에서 갖고 온 새 팬티가 올려 있었다.

연달아는 방금 씻은 싱그러운 젖은 몸에 수건으로 아랫도
리만 가리고 있는 모습이다.

그때 을지은한은 나이트가운을 옆에 내려놓고 무릎을 꿇
고는 두 손으로 잡고 벌린 팬티를 연달아가 입기 편하도록 다
리로 가져갔다.

툭.

연달아는 뜻밖이라는 표정을 지었으나 곧 개의치 않고 거
리낌없이 한 손으로 을지은한의 어깨를 짚고 한쪽 발을 들어
팬티에 집어넣었다.

그가 두 발을 다 집어넣자 을지은한은 무릎을 꿇은 자세로
팬티를 끌어올려 제대로 입혀주었다. 시중을 받는 사람도, 드
는 사람도 능숙한 동작이었다. 마치 오랜 세월 그렇게 해온
것 같았다.

그녀가 무릎을 꿇고 허리를 꼿꼿이 세웠기 때문에 팬티를
입힐 때 연달아의 성기가 그녀의 얼굴 반 뼘 거리에서 이리저

리 흔들렸다.

그러나 그녀는 두근거리는 마음을 억누르고 끝까지 팬티를 잘 입혀주었다.

그러고 나서 나이트가운을 입는 것을 도와주고는 고개를 숙여 보이고 총총히 욕실로 들어갔다.

그녀의 그런 행동은 고구려 귀족 출신 여자가 지아비인 남편에게 시중을 드는 평상시의 모습이다.

그녀는 뭔가 마음속으로 작정을 한 것이 있어서 그런 시중을 든 것이 아니다.

단지 연달아가 목욕을 하니까 시중을 들어야겠다는 그런 단순한 마음이었을 뿐이다.

하지만 그러는 과정에서 연달아의 건강한 몸과 성기를 보게 되자 그녀는 마음이 크게 흔들렸다.

연달아는 테이블 앞에 앉아서 창밖을 내다보며 을지은한이 다 씻고 나오기를 기다렸다.

딸깍.

이윽고 20분쯤 후에 연달아의 머리 뒤쪽에서 욕실 문이 열리는 소리가 작게 들렸다.

그런데 그녀가 밖으로 나오지는 않고 기어드는 목소리로 그를 불렀다.

"오빠……."

"응?"

그가 돌아보자 욕실 문을 약간 열고 젖은 얼굴을 빠끔히 내
민 을지은한이 수줍은 표정으로 소곤거렸다.

"깜빡 잊고 제 옷을 갖고 들어오지 않았어요. 속옷하고 입
을 옷을 좀……."

아까 그녀는 연달아에게 팬티를 입히느라 당황해서 그냥
욕실로 들어갔던 것이다.

연달아가 둘러보자 저만치 탁자 위에 하나의 나이트가운
이 개어져 있었다.

그는 일어나서 을지은한이 메고 온 배낭을 뒤져서 그녀의
손바닥만 한 작은 팬티를 찾아냈다.

그녀가 '속옷과 입을 옷'이라고 말했으나 그는 단지 팬티
와 나이트가운만을 갖고 갔다.

그는 여자 속옷에 대해서는 잘 모르는데다 그저 팬티만 입
고서 그 위에 나이트가운을 걸치면 될 거라고 간단하게 생각
한 것이다.

연달아가 팬티와 가운을 갖고 욕실 입구로 다가가자 을지
은한이 희고 가느다란 팔을 내밀었다.

그러나 연달아는 그녀에게 옷을 건네주지 않고 욕실 입구
앞에 한쪽 무릎을 꿇고 앉아서 팬티를 두 손으로 잡고 벌려주
었다. 나오면 입혀주겠다는 제스처다.

조금 전에 을지은한이 그에게 해준 시중을 그대로 재현하고 있는 것이다.

을지은한은 크게 당황해서 어떻게 해야 할지 몰랐다. 입고 들어갔던 옷을 샤워를 하면서 빨았기 때문에 어쩔 수 없이 연달아에게 옷을 달라고 했던 것인데 그가 이렇게 나올 줄은 전혀 예상하지 못했다.

그렇지만 연달아의 이런 행동을 그만두라고 할 수도, 그냥 옷을 달라고 말할 용기도 그녀에겐 없었다.

연달아는 그 자세 그대로 을지은한을 물끄러미 쳐다보기만 했다. 말은 하지 않았으나 빨리 와서 팬티에 다리를 넣으라는 뜻이다.

채각채각.

벽시계의 초침 가는 소리만이 방 안에 조용하게 울리고 있다.

연달아는 그녀가 나오지 않자 고개를 돌려서 다른 곳을 쳐다보았다.

이윽고 문이 조금 더 열리고 을지은한이 욕실 밖으로 나왔다. 물기를 촉촉하게 머금은 싱싱하고 눈부신 육체다.

그녀는 살금살금 다가오다가 갑자기 연달아가 고개를 이쪽으로 돌려 쳐다보는 바람에 그 자리에 얼어붙은 듯 뚝 걸음을 멈췄다.

심장이 멎는 것 같고 숨이 딱 멈춰지며 커다란 눈이 더욱 커다랗게 떠졌다.

하지만 그녀는 몸을 가리려고 하지 않고 그 자리에 오도카니 서 있었다. 마치 연달아가 자신의 몸을 봐주기를 바라는 듯한 행동이다.

그가 쳐다봐서 놀라면서도 그에게 자신의 몸을 보여주고 있는 그녀 스스로도 이해하기 어려운 행동이다.

온몸에서 수분이 다 증발되어 푸석푸석한 먼지가 되어 흩날리는 듯한 느낌이다.

연달아는 그녀의 몸을 아래에서 위로 찬찬히 훑어보다가 마지막으로 얼굴에 시선을 고정시켰다.

그녀는 눈도 깜빡이지 않고 숨도 쉬지 않으면서 커다랗게 뜬 눈으로 연달아를 빤히 바라보았다. '어떤가요? 마음에 드시나요?' 하는 듯한 초조한 표정이다.

"자."

연달아가 두 손으로 잡고 벌린 팬티를 내밀었다.

을지은한은 주춤주춤 다가와 조심스럽게 한쪽 발을 팬티에 넣었다.

그리고 한 발로 지탱하고 다른 발을 들다가 균형을 잃자 급히 손으로 연달아의 어깨를 짚었다.

그리고는 다시 발을 들어 올렸다. 그때 연달아가 그녀의 음부를 쳐다보았다.

그녀가 비틀거리니까 무심코 쳐다보는데 하필 딱 그곳을 보게 된 것이다.

그냥 서 있을 때는 모르지만 한쪽 다리를 들었기 때문에 그녀의 은밀한 부위가 고스란히 내비쳤다.

우거진 넝쿨 속에서 이제 막 생겨나기 시작한 작고 빨간 앙증맞은 산딸기 하나가 물기를 촉촉하게 머금고 있는 듯한 비밀스러운 광경이다.

을지은한은 그 자세에서 굳어버렸다. 빨리 발을 팬티에 넣어야 하지만 어째서인지 그럴 수가 없었다. 마치 연달아가 자신의 은밀한 부위를 자세히 관찰할 수 있도록 기다리고 있는 듯한 행동이다.

을지은한은 연달아의 시선이 마치 날카로운 창처럼 느껴졌다. 그래서 그 창이 자신의 음부를 사정없이 뚫고 들어오는 것만 같았다.

심장이 미친 듯이 방망이질을 해서 이대로 심장이 터져서 죽는 것은 아닐까 하는 생각마저 들었다.

이윽고 연달아가 시선을 거두자 그제야 을지은한은 다른 발을 마저 팬티에 넣었다.

연달아는 팬티를 끌어올려 제대로 입혀주고는 궁둥이를 툭툭 두드리고 나서 일어섰다.

"먹자."

나이트가운을 입은 두 사람은 창가 테이블에 마주 앉아서 한동안 묵묵히 요리를 먹고 술을 마시기만 했다.

을지은한은 연달아의 잔에 술을 따르고 그가 요리를 먹기 좋도록 신경을 쓰면서 이따금 술잔을 두 손으로 잡고 상체를 뒤로 돌려 홀짝거리며 마셨다.

요리를 절반쯤 먹고 중국 전통주를 네 병 마셨을 때 을지은한이 조심스럽게 입을 열었다.

"오빠, 접신을 해봐야겠어요."

연달아는 그게 뭐냐고 묻지 않았다. 을지은한이 단군총의 위치를 알아내기 위해서 모친인 하백녀 나여운의 혼령과 접신, 즉 영적으로 교감을 해야 한다는 뜻이라고 알아들었기 때문이다.

연달아는 벌떡 일어났다.

"내가 뭘 도와줄까?"

"제가 어머니를 불러내면 오빠께서 어머니에게 단군총의 위치를 물어보세요."

"알았다."

을지은한은 작은 탁자를 방 한가운데에 놓고 서울에서 준비해 온 술과 약소한 다과를 탁자에 차린 후 촛불과 향을 피우고 실내의 불을 끄고는 탁자 앞에 무릎을 꿇고 앉아 눈을 감고 두 손을 모았다.

그리고 엄숙하게 고구려 하백녀를 부르는 강신술(降神術)
의 주문을 외웠다.

그 주문은 하백녀의 집안에서 오직 딸에게만 전수되는 것
이며 고구려 방언이 많이 섞여서 일반인들은 거의 알아듣지
못한다.

그녀의 조용하면서도 낭랑한 목소리가 잔잔하게 실내를
울리기를 5분여, 마침내 탁자 너머 어두운 곳이 흐릿하게 부
윰해지면서 물결처럼 일렁거렸다. 어둠 속에서 작은 불씨 하
나가 일렁이는 듯한 광경이다.

을지은한 옆에 우뚝 서 있는 연달아는 탁자 너머에 희끗거
리는 물체가 시간이 지남에 따라서 사람, 그것도 여자의 모습
이 되어가는 것을 보면서 그것이 하백녀 나여운의 혼령일 것
이라고 짐작했다.

을지은한은 고개를 약간 숙인 채 눈을 감고 있다. 지금 그
녀는 접신을 한 상태이기 때문에 자아를 잃었다.

그녀의 정신을 지배하는 것은 모친 나여운이다. 지금부터
는 나여운이 딸의 입을 통해서 자기를 드러내 연달아가 필요
로 하는 내용을 전해줄 것이다.

강신술을 통해서 혼령을 불러내기 전에는 하백녀 나여운
은 저승으로 가지 못하고 구천을 떠돌면서 혼령을 불러내 주

기만을 기다린다.

죽어서도 편하게 쉬지 못하는 고달픈 영혼이다. 그것이 곧 하백녀의 운명이다.

탁자 너머에 나타난 나여운은 예전 고구려 시대 하백녀 복장을 하고 있는데 매우 선명한 모습이다.

긴 치마에 가려진 두 발이 바닥에서 30㎝ 정도 허공에 떠 있으며 산들바람에 흔들리는 물결처럼 모습이 이리저리 일렁거렸다.

"하백녀 당신이오?"

연달아의 물음에 나여운의 영상이 방울을 쥔 오른손을 들어 올리자 말은 을지은한이 했다.

"목… 소… 리… 가… 동… 부… 대… 인… 의… 넷… 째… 도… 련… 님… 이… 군… 요……."

띄엄띄엄 끊어질 듯이 흘러나오는 말은 땅속에서 들려오는 것 같았다.

"그렇소. 나는 연달아요."

"오랜만… 이로군요……. 나는… 나여운이라오……."

을지은한의 입을 빌린 나여운의 말이 점점 또렷해졌다.

"하백녀, 예전에 아버님과 함께 갔던 의무려산의 단군총을 기억하고 있소?"

연달아는 단도직입적으로 물었다.

"물론이에요. 똑똑하게 기억해요. 언젠가는 넷째 도련님이 내게 물어볼 것이라고 예상하고 있었다오."

"단군총이 어디요?"

나여운의 영상이 거울을 쥔 왼손을 뻗어서 을지은한을 가리켰다. 그러자 거울에서 붉은 빛이 흘러나와 을지은한을 비추었다.

그렇게 1분 정도가 지났다. 이어서 을지은한이 눈을 감은 채 말했다.

"은한의 머릿속에 심어주었어요. 저 아이가 넷째 도련님을 단군총으로 안내할 거예요."

"고맙소."

"넷째 도련님께 부탁이 있어요."

"무엇이오?"

1350여 년 전에 죽은 나여운이 연달아에게 부탁이 있다는 것은 뜻밖이다.

그녀는 을지은한을 물끄러미 쳐다보며 매우 안쓰러운 표정을 지었다.

"저 아이 은한은 넷째 도련님을 연모하고 있어요. 그런데 저 아이는 노예로 끌려간 낙양에서 귀족의 자제에게 청혼을 받았는데 넷째 도련님을 향한 마음을 꺾을 수 없다면서 낙수에 몸을 던져 자결을 했어요."

연달아는 을지은한이 낙수에 몸을 던져 자결을 했다는 사실은 알고 있었으나, 그녀가 귀족의 자제에게 청혼을 받았다는 것은 처음 알았다.

만약 그녀가 죽지 않고 청혼을 받아들였다면 노예 생활에서 벗어나 죽을 때까지 부귀영화를 누렸을 것이다.

그런데도 그녀는 연달아에 대한 정조를 꺾지 않고 스스로 목숨을 끊는 극단적인 방법을 선택했던 것이다.

연달아는 그녀가 자기를 좋아한다는 사실조차 까맣게 모르고 있었는데 말이다.

"저 아이를 넷째 도련님의 여자로 받아주세요. 그래 주시겠어요?"

나여운이 간절한 표정을 지었고, 그녀의 마음은 을지은한의 입을 통해서 말로 흘러나왔다.

"넷째 도련님은 평생 다섯 명의 여자를 거두실 사주를 타고나셨어요. 가연공주가 첫째 부인이고 청명공주가 두 번째 부인이 확실하군요. 그다음은 한 씨, 이 씨 성의 여자인데 나머지 한 사람은 누군지 모르겠어요. 하지만 넷째 도련님이 은한이를 받아주면 저 아이가 셋째 부인이 되겠지요. 만약 넷째 도련님께서 저 아이를 거두지 않으시면 저 아이는 또다시 비명횡사할 운명인 것만은 분명해요."

"비명횡사?"

연달아는 움찔 놀랐다.

"저 아이는 제 명에 죽지 못하는 액(厄)을 타고났어요. 원래 스무 살을 넘기지 못하는 팔자예요. 그래서 저 아이는 매번 생에서 스무 살 전에 죽었지요. 그러므로 액막이를 하지 못하면 이번 생에서도 스무 살을 넘기지 못할 거예요."

을지은한의 목소리가, 아니, 딸의 짧은 생과 모진 죽음을 열 차례 이상 지켜보면서 애태웠던 어미 나여운의 조각난 심정이 절절하게 흘렀다.

연달아의 충격은 컸다. 그렇다면 을지은한은 1300여 년 전에만 단명한 것이 아니다.

그 이후 연속환생자로서 열 번 넘게 줄곧 새로운 생을 살았으면서도 그때마다 액막이를 하지 못해서 스무 살을 넘기지 못하고 요절했다는 것이 아닌가. 실로 충격적이며 가슴 아픈 일이 아닐 수 없다.

그녀는 연달아가 전능을 주입해 주어서 자기가 살아온 생을 다 기억하게 됐는데 어째서 그런 얘기를 연달아에게 해주지 않은 것일까.

그런 쓰라림을 안고 혼자서 아둥바둥 괴로워했다는 사실이 연달아의 가슴을 답답하게 만들었다. 그리고 이번 생에서도 액막이를 하지 못하면 그녀는 20세를 넘기지 못하고 또다시 요절해야만 한다.

"액막이를 어떻게 하는 것이오?"

"저 아이가 사랑하는 사내하고 교접을 하는 것이라오."

"교접? 정사를 하는 것이오?"

"그래요. 사랑하는 사내가 교접을 함으로써 저 아이가 갖고 태어난 액을 제거해 주는 것이지요."

연달아는 을지은한이 자기를 사랑하고 있다는 사실을 알고 있지만 확인을 하는 차원에서 물었다.

"은한이 사랑하는 사내가 누구요?"

그러나 나여운은 아무 말도 하지 않았다.

"당신도 모르는 것이오?"

"너잖아! 이 밥통아! 이번에도 또 저 아이를 죽게 만들면 내 밤마다 악몽으로 나타나 너를 괴롭힐 것이다!"

갑자기 나여운이 버럭 고함을 질렀다.

연달아는 멋쩍은 표정을 지었다.

"화내지 마오."

"너 같으면……."

"알았소, 알았소. 내가 은한하고 교접하리다. 그래서 백년해로할 것이오. 그럼 됐소?"

"오늘 밤에."

나여운은 딱 못을 박았다. 그녀는 귀신이지만 보통 귀신이 아니다. 하백녀가 아닌가.

"알았소. 오늘 밤에."

나여운은 서슬이 시퍼랬다가 곧 두 손을 앞에 모으고 공손히 허리를 굽혔다.

"넷째 도련님의 만수무강을 빌겠어요."

그러더니 나여운의 모습이 흐릿해지면서 잠시 후에 완전히 사라져 버렸다.

그와 동시에 갑자기 을지은한이 옆으로 픽 쓰러졌다.

"은한아."

연달아가 놀라서 급히 다가가 살펴보자 그녀는 탈진해서 축 늘어진 모습이다. 접신을 하는 데 많은 정신력을 소모했기 때문이다.

그는 을지은한을 조심스럽게 안아 침대에 눕혔는데 가운 앞섶이 풀어져서 뽀얀 가슴과 잘록한 배, 팬티를 입은 모습이 드러났다.

그는 이불을 덮어주고 테이블로 가서 앉아 묵묵히 빈 잔에 술을 따랐다.

하지만 술을 마시지는 않고 만지작거리며 방금 나여운에게 들은 말을 되새겨 보았다.

제58장

출현 묵인자

R U N N E R
런너

연달아는 그로부터 한 시간 동안 혼자 술을 마시면서 많은
생각을 했다.

그리고 마침내 오늘 밤에 을지은한을 자신의 여자로 만들
어야겠다고 결정했다.

나중에 고방아가 알더라도 이해해 줄 것이라고 믿었다. 그
녀는 그렇게 꽉 막힌 여자가 아니다.

대고구려 제국의 공주다. 그리고 장차 21세기 고구려 제국
의 여황이 될 신분이다.

만백성을 다스리고 대제국을 가슴에 품을 그녀가 이 정도

일을 이해하지 못할 리가 없다.

나여운의 말이 사실이라면 을지은한은 이번 생에서도 20세를 넘기지 못할 것이다.

오늘이 12월 22일이니까 앞으로 9일만 있으면 그녀는 스물한 살이 된다.

그러므로 그녀가 사랑하는 사내, 즉 연달아하고 정사를 하지 못한다면 그녀의 생은 9일밖에 남지 않은 것이다.

몰랐으면 모르지만 그 사실을 알고 연달아는 그녀를 모른 체 외면할 수가 없다.

그는 단지 그녀와 정사를 하는 것뿐이지만 그녀에겐 목숨이 걸려 있는 생사의 일이다.

그는 옷을 모두 벗었다. 어디 한군데 흠잡을 데 없는 건강한 몸이 드러났다.

그는 침대로 올라가 을지은한의 옆에 누웠다. 그녀는 그때까지도 정신을 차리지 못하고 있었다. 아마도 기절했다가 그대로 잠이 들어버린 것 같았다.

연달아는 그녀를 물끄러미 굽어보다가 손을 뻗어 갸름한 뺨을 부드럽게 쓰다듬었다.

순간 을지은한이 움찔 놀라며 눈을 떴다. 그녀는 연달아가 자기를 굽어보고 있으며 뺨을 쓰다듬고 있는 것을 깨닫고 어떻게 된 일인지 짐작조차 하지 못하고 눈을 동그랗게 뜨며 놀랐다.

"오빠……."

연달아는 그녀와 눈이 마주치자 빙그레 미소 지었다.

"깼느냐?"

"네……."

을지은한은 기어드는 목소리로 대답하고는 문득 연달아의 눈빛이 평소하고는 많이 다르다는 사실을 발견하고 흠칫 놀랐다.

그녀는 지금 연달아가 짓고 있는 눈빛이 무엇을 뜻하는지 알고 있다.

열 번이 넘는 생을 살아오는 동안 수많은 사내들이 아름다운 그녀에게 욕정을 품었는데 그들은 지금의 연달아와 같은 눈빛을 하고 있었다.

그걸 깨닫는 순간 을지은한의 가슴이 마구 두방망이질 치기 시작했다. 어떤 이유에선지는 모르지만, 연달아가 그녀에게 욕정을 품고 있다는 사실이 기쁨보다는 두려움이 온몸을 엄습했다.

1300여 년 넘게 살아오는 동안 단 한 번도 남자에게 몸을 허락한 적이 없는 여자로서는 당연한 반응이다.

그러나 곧 정신을 수습한 그녀는 연달아의 눈빛을 다시 한 번 확인하고는 기쁘면서도 부끄러웠다.

그가 왜 갑자기 이런 마음을 먹게 됐는지는 생각하지 않았다. 그저 두렵고 기쁘면서 또 부끄러울 뿐이다.

그녀는 아까 하백녀 나여운이 강신했을 때 연달아하고 무슨 대화를 나누었는지 전혀 모른다. 자기 입으로 말했으면서도 기억을 하지 못하고 있다.

그녀의 뺨을 쓰다듬던 연달아의 손이 스르르 턱과 목을 타고 미끄러져 내려가서 가운을 젖히고 부드럽게 유방을 움켜잡으면서 쓰다듬었다.

"하악!"

을지은한은 눈을 동그랗게 뜨고 비명 같은 신음을 토해냈다. 유방을 만지는 것만이 아니라 그녀의 몸에 사내의 손길이 닿는 것은 처음이다.

그의 손이 말랑말랑하면서 부드러운 유방을 살짝 움켜쥐었다가 귀여운 유두를 살짝 비틀자 그녀는 온몸이 찌르르 하면서 숨이 끊어질 것 같은 느낌을 받았다.

연달아는 천천히 고개를 숙여 유방으로 입을 가져가 처음에는 부드럽게, 그리고 점점 더 세게 빨았다.

"아아……."

을지은한의 몸이 뻣뻣해졌다. 몸에서 힘이 빠져나가고 있는데도 이상하게 몸은 뻣뻣해졌다.

그녀는 두 손으로 이불을 힘껏 움켜잡았다. 정신이 몽롱해지면서 녹아버리는 것 같았다.

연달아는 그녀의 유방을 빨면서 손이 아래로 미끄러져 내려가 팬티 속으로 스며들었다.

그의 정성스러운 애무에 을지은한은 완전히 녹초가 됐다. 구름 위에 떠 있는 것 같기도 하고 끝없이 아래로 꺼져 내려가는 것 같기도 한 느낌 속에서 연신 뜨거운 숨결과 신음만 토해냈다.

그런데 어느 순간 그녀는 자신의 은밀한 곳으로 무엇인가 거대한 것이 밀고 들어오는 것을 느꼈다.

첫 느낌은 내가 이렇게 죽는구나 하는 것이었다. 그 정도로 고통스러웠다.

상상도 할 수 없이 커다랗고 뾰족한 창에 찔린 듯이 숨이 콱 막혔다.

하지만 그것이 연달아의 성기라는 생각이 든 그녀는 두 팔로 있는 힘을 다해서 그의 등을 끌어안았다.

*   *   *

묵인자하고의 숨바꼭질이 장장 두 달 이상 이어지고 있다. 고구려로 올 때에는 전혀 예상하지 못했던 일이다.

그러는 동안에 보장태왕은 한 가지 사실을 절실하게 깨달왔다. 그것은 묵인자가 적어도 자기보다 두 배 이상 강하다는 사실이다.

보장태왕의 임무는 연달아를 구해서 그에게 이리가수미의 전능을 전해주고 또 21세기 대한민국으로 안전하게 보내는 것이었다.

거기까지는 성공했다. 하지만 보장태왕 자신은 현재로 돌아가지 못했다.

너무 심한 부상을 입은 탓에 현재로 돌아갈 전능을 일으킬 수가 없기 때문이다.

시공을 초월하여 과거나 미래로 가기 위해서는 전능의 80% 이상을 발휘해야만 하는데, 그의 전능은 30%밖에 남지 않은 상태다.

그가 현재에서 고구려 668년으로 올 때 그 사실을 어떻게 알고 묵인자가 귀신같이 따라왔다.

가능성이 가장 높은 것은 묵인자가 보장태왕의 존재를 진작부터 알고서 감시하고 있었다는 것이다.

더구나 묵인자가 정확하게 고구려 668년에 날짜와 장소까지도 똑같이 따라올 수 있었던 것은 보장태왕의 꼬리를 잡았기 때문일 것이다.

꼬리를 잡는 것은 달리 '동아따기' 라고도 하는데, 런너가 시공을 이동할 때 일으키는 시공파장(時空波長)에 또 다른 런너가 올라타는 것, 즉 편승하는 것이다.

그때 편승하는 런너는 조금도 전능을 사용하지 않는다. 즉 무임승차인 것이다.

이론적으로만 가능하다고 알려진 방법인데 묵인자가 실제로 사용한 것 같았다.

묵인자가 보장태왕을 따라와서 그에게 중상을 입힐 수 있었던 것은 '꼬리잡기'를 했기 때문일 가능성이 가장 크다.

보장태왕은 묵인자가 자기를 감시하고 있었을 것이라고는, 더구나 꼬리잡기를 해서 따라올 줄은 꿈에도 예상하지 못했다.

잠깐의 방심으로 인해서 보장태왕이 치른 대가는 너무도 크고 치명적이었다.

보장태왕은 연달아를 현재로 보낸 이후 깊은 산중으로 들어가서 상처를 치료하는 일에 전념했다.

그의 상처는 이리가수미의 전능에 찔린 것이다. 그 이유를 설명하자면 이렇다.

이리가수미는 연달아가 668년 가을에 요동 정자산에서 수천 명의 당나라군에게 포위되어 생사결전을 벌이다가 비참한 최후를 맞이하게 된다는 사실을 알게 되었다.

이리가수미는 이미 오래전에 자신의 넷째 아들인 연달아를 다물의 군왕으로 점찍어두었었다.

그런 그를 고구려에서 죽도록 내버려 둘 수는 없어서 보장
태왕에게 자신의 전능을 주어서 연달아를 현재로 보내라 이
르고 고구려로 보냈다.

　그러나 보장태왕은 자신이 시공 초월을 할 때 꼬리잡기로
뒤따라온 묵인자의 습격을 받았고, 몇 번 싸워보지도 못하고
열세에 처했다.

　그는 살아남기 위해서 이리가수미의 전능을 칼로 만들어
서 무기로 삼아 싸웠고, 그 결과 묵인자에게 몇 군데 상처를
입힐 수 있었다.

　그러나 문제는 마지막 순간 보장태왕 자신이 심장에 이리
가수미의 전능의 칼에 찔렸다는 사실이다. 묵인자를 향해 날
린 것이 되돌아와서 그의 심장에 꽂힌 것이다.

　보장태왕은 현재로 돌아가기 위한 전능을 회복하기 위해
깊은 산중에서 혼신의 노력을 쏟았다.

　그러나 묵인자는 그를 그냥 내버려 두지 않았다. 그가 어디
에 숨든지 기어코 찾아내서 무지막지한 공격을 해왔다.

　결국 보장태왕은 두 달여 동안 요동 땅 이곳저곳을 도망 다
니면서 연달아를 현재로 보냈을 당시보다 더 심한 중상을 입
은 상태가 되고 말았다.

　지금 그는 어느 산중 깊은 곳에서 잠시 숨을 돌리고 있는
중이다.

두 개의 거대한 바위가 맞닿아 있는 좁은 틈새 안에 책상다리를 하고 앉아서 숨을 고르고 있었다.

이리가수미의 전능의 칼에 찔린 심장의 상처는 묵인자의 공격 때문에 나을 만하면 도지고 또 나을 만하면 도지기를 거듭하고 있다.

게다가 옆구리와 무릎에 심각한 상처를 더 입었다. 옆구리는 움푹 뜯겨 나갔고 무릎은 박살이 났다. 그것 때문에 움직이는 것조차도 힘겨운 상황이다.

이런 엉망진창의 몸 상태로는 현재로 돌아가는 전능을 회복하는 것은 고사하고 묵인자의 손에서 벗어나는 일조차 녹록하지가 않다.

현재에서 고구려로 온 지 두 달하고도 보름이 지났지만 그는 20년은 된 것 같은 느낌이다. 그만큼 고생을 많이 했고 숱하게 죽을 고비를 넘겼기 때문이다.

그는 좁은 바위 틈새로 밤하늘을 바라보았다. 은모래를 뿌려놓은 듯 은하수가 영롱한 성광을 뿌리고 있다.

보름 정도만 휴식을 취하면 저 은하수를 밟고 현재로 돌아갈 만한 전능을 회복할 수 있을 터이다.

아니, 보름이 아니라 단 열흘 만이라도 묵인자가 없는 곳에서 휴식을 취하여 전능을 회복할 수만 있으면 더 이상 바랄 나위가 없다.

그는 잠시 숨을 죽이고 귀를 기울였다. 초겨울 깊은 산중의 밤은 새소리도 벌레 우는 소리도 들리지 않는다.

들리는 것이라곤 골짜기와 바위 사이를 휘돌면서 이리저리 부는 바람 소리와 바싹 마른 나뭇잎이 떨어지는 바스락거리는 소리뿐이다.

문득 밤하늘에 딸 고방아와 아랑, 그리고 두 번째 아내 서유라의 모습이 차례로 떠올랐다.

그는 이번에 현재로 돌아갈 수만 있다면 두 딸과 서유라를 만나서 행복한 가정을 꾸리리라 다짐했다.

*   *   *

의무려산의 깊은 산속.

등산복 차림의 남녀가 험준한 바위산 위를 달려가고 있다.

아니, 달리는 사람은 남자다. 그는 연달아인데 등에 을지은한을 업고 있다.

그러면서도 혼자인 것처럼 바위투성이 산등성이를 홀홀 날다시피 달리고 있다.

을지은한은 영적인 능력은 뛰어나지만 체력적인 면은 거기에 미치지 못한다.

물론 보통 사람들보다야 월등하지만 연달아하고 나란히

달릴 만한 능력은 아니다.

을지은한은 연달아 등에 꼭 업혀서 세상을 다 가진 듯 행복한 표정을 짓고 있다.

어젯밤에 꿈에서조차 그토록 갈망하던 연달아의 여자가 됐다. 어젯밤 일을 생각하면 지금도 꿈인지 생시인지 믿어지지가 않았다.

처음에는 아랫도리가 모조리 찢어지는 듯한 고통 때문에 죽는 줄 알았지만 나중에는 온몸이 녹아버릴 듯한 쾌락 때문에 죽는 줄 알았다.

두 달 넘게 가연공주 고방아하고 자지 못한 연달아는 그동안 쌓인 욕정을 어젯밤 을지은한에게 다 쏟아냈다. 아니, 그것은 폭발이라고 해야 옳았다.

어젯밤 자정 조금 넘어서 시작한 정사는 새벽 5시가 돼서야 끝났다.

연달아는 잠시도 쉬지 않았으며, 다섯 번이나 사정을 하는 동안 을지은한하고 줄곧 한 몸이 된 상태였다.

그러고서도 그 상태로 을지은한을 자신의 몸 위에 얹어놓고 잠이 들었으며, 두 사람이 늦은 아침에 깼을 때까지도 여전히 결합되어 있었다.

여북하면 을지은한은 아직까지도 연달아의 그것이 자신의 몸속에 깊이 들어와 있는 듯한 느낌이겠는가.

을지은한은 1350여 년의 길고 길었던 한을 마침내 풀었다. 그리고 그녀는 이제 스무 살이 돼도 죽지 않을 것이다. 외려 연달아와 함께 오래오래 행복하게 살게 될 터이다. 그러니 어찌 기쁘지 않겠는가.

그때 행복에 겨운 표정으로 전방을 주시하고 있던 을지은한이 깜짝 놀라서 왼쪽을 가리켰다.

"여보, 저기예요."

고구려에서는 남녀가 부부지연을 맺은 후에는 여자가 남자에게 '여보' 라고 하고, 남자는 여자에게 '임자' 라 부른다. 그래서 을지은한은 고구려의 풍습에 따른 것이다.

그녀는 21세기에 살고 있으나 여전히 철저한 고구려 여자이기 때문이다.

연달아는 달리는 것을 멈추고 그녀의 손가락이 가리키는 곳을 쳐다보았다.

그곳에는 거대한 하나의 희게 빛나는 바위가 웅장한 위용을 자랑하며 서 있었다. 궁궐 대여섯 채를 합쳐 놓은 것보다 더 큰 바위였다.

마치 그 바위 때문에 의무려산을 예로부터 백암산, 혹은 백두산이라고 부르는 것 같았다.

"저기가 단군총이에요."

"용케 잘 찾았구나."

연달아가 안고 있던 손으로 궁둥이를 툭툭 두드리며 칭찬
하자 그녀는 얼굴을 붉히면서 죽을 것처럼 행복해졌다.

정말 너무나 행복해서 죽을 것만 같았다. 그 말밖에는 달리
지금의 심정을 설명할 방법이 없다. 그래서 조금 겁이 나기도
했다.

"여보, 잠깐만요."

연달아가 다시 달리려고 할 때 을지은한이 긴장된 목소리
로 그의 귀에 속삭였다.

"이상한 느낌이에요."

"누가 있는 것이냐?"

"그런 것이 아니에요. 사람의 기척이 아니라 위험과 죽음
의 느낌이에요. 그게 우리에게 다가오고 있는 것이 아련하게
느껴져요."

연달아는 전능을 일으켜서 주위에 이상한 것이 있는지 확
인해 보았다.

그렇지만 아무것도 감지되는 것이 없었다. 깊은 산중에서
자연적으로 나는 소리나 기척뿐이었다.

하지만 그는 을지은한을 안다. 그리고 믿는다. 그녀는 허
튼소리를 하지 않는다. 그녀가 뭔가를 감지하거나 느꼈다고
말하면 그것은 정확한 것이다.

그게 무엇인지는 모르지만 알 수 없는 위험이 다가오고 있

는 것이 분명했다.

그런데 그게 무엇인지 도무지 알 수가 없다. 뭐가 있기는 있는데 무한런너인 연달아의 능력으로도 감지되지 않는다. 과연 그게 뭐란 말인가.

단군총이 눈앞에 있다. 불과 2㎞ 남짓의 거리일 뿐이다. 거길 가는 데 몇십 초도 걸리지 않는다. 단지 몇 초면 된다. 그런데 이곳에서 발이 묶여 버렸다.

을지은한은 연달아가 망설이는 것을 느꼈다. 그래서 두 발로 그의 허리를 꼭 죄듯이 끌어안고 속삭였다.

"가면 안 돼요."

"알았다."

연달아는 미소를 지으면서 그녀의 궁둥이를 툭툭 두드렸다.

"일단 몸을 숨기는 것이 좋겠다."

두 사람은 지금 바위 위에 서 있기 때문에 알 수 없는 적에게 노출됐다고 할 수 있다.

보이지 않는 위험이 다가오고 있는데도 바위 위에 머물러 있다면 고스란히 표적이 되는 셈이다.

휘익!

연달아는 을지은한을 업은 채 바위 아래로 몸을 날려 독수리처럼 쏘아 내렸다.

까마득한 높이에서 수직으로 쏘아 내리는 것이지만 그는 나무 사이를 뚫고 바위 중간에 모자의 테두리처럼 돌출된 부위에 소리없이 내려섰다.

이어서 바위 테두리를 따라서 주위를 경계하며 조금씩 단군총이 있는 바위 쪽으로 전진했다.

그러나 서두르지 않았다. 지금은 빨리 가는 것보다는 무엇인지 알 수 없는 존재에게 들키지 않는 것과 그것이 무엇인지 알아내는 것이 더 중요한 시점이다.

바위 아래쪽에는 키 큰 나무들이 많아서 모습을 감추는 데는 더할 나위 없이 좋았다.

"여보, 누군가 우릴 지켜보고 있는 것 같아요. 더 이상 가지 않는 게 좋을 것 같아요."

연달아는 뚝 걸음을 멈추고 재빨리 주위를 둘러보았다. 겨울이라서 나뭇잎은 다 떨어졌지만 나무와 바위가 워낙 많아서 이처럼 깊은 산중에서 누군가 자신들을 지켜보고 있다는 것이 이해가 되지 않았다.

을지은한은 누가 자기들을 지켜보고 있는지 알아내려고 눈을 감은 채 온 신경을 집중했다.

만약 이대로 그게 누군지 알아내지 못한다면 이곳에서 꼼짝도 하지 못할 것이다.

움직이면 포착될 것이다. 하지만 우거진 숲 속에서는 조금

쯤은 안심할 수 있을 터이다.

다물수호대의 다른 사람들은 외적인 능력을 지니고 있지만 을지은한의 능력은 영적인 것이다.

그러므로 눈이나 귀로 감지하는 것이 아니고 정신과 정령으로 느끼고 있다. 일종의 정신 감응이다. 그래서 그녀는 공격도 정신으로 한다.

연달아가 바위 테두리에 멈춰 서 있는 동안 그녀는 한동안 고심하다가 마침내 무엇인가를 느꼈다. 하지만 또렷하지 않고 부옇다. 그런데 그것은 사람이 아니다.

무생물이다. 생명을 갖고 있지 않은 것이 그녀와 연달아를 지켜보고 있다.

그리고 그녀는 또 한 가지를 깨달았다. 그 무생물은 자신들을 지켜보고 있을 뿐만 아니라 말소리까지도 듣고 있다는 사실을 느꼈다.

[여보, 그 괴물은 사람이 아니에요. 그리고 위에 있어요. 우리 머리 위에서 느껴지고 있어요.]

을지은한은 긴장한 표정으로 연달아에게 텔레파시를 보냈다. 그녀는 그것을 '괴물'이라고 표현했다. 연달아는 그녀가 말을 하지 않는 이유가 보이지 않는 존재가 자신들의 말을 엿듣고 있기 때문일 것이라고 판단했다.

그는 고개를 들고 위를 쳐다보았다. 나무 사이로 눈이 부시도록 청명한 하늘이 보였다.

하지만 날아가는 새 한 마리조차도 눈에 띄지 않았다. 만약 누군가 두 사람을 굽어보고 있다면 환인천제밖에 없을 것이다.

을지은한도 하늘을 올려다보다가 이상하다는 표정을 지었다.

[하늘에 눈이 있는 것이 느껴져요. 제가 머리가 어떻게 됐나 봐요.]

'하늘에 눈?'

[네. 하늘에 눈이 있는 게 자꾸만 느껴져요.]

연달아가 혼잣말을 했지만 그게 텔레파시로 을지은한에게 전해졌다.

'그렇다! 인공위성이다!'

그는 하늘에서 내려다보고 있는 눈이 인공위성일 것이라고 확신했다.

지난번 백암온천 신시그룹 백암연수원에서 그는 신시그룹이 우주에 쏘아 올렸다는 인공위성을 통해서 쿠로카미와 카류우, 하나요메가 탄 차들이 전폭기가 발사한 미사일에 폭격당하는 광경을 실시간으로 생생하게 보았었다.

그때 이명훈 의원의 경호를 맡은 외부전술 6팀장인 양정택은 인공위성이 전 세계 구석구석을 살피고 또 촬영을 할 수 있다고 말했다.

연달아의 상식으로는 신시그룹 같은 일개 기업이 인공위성을 띄웠다면 중국이나 묵인자도 인공위성을 띄울 수 있다고 생각해야 한다. 아니, 분명히 그럴 것이다.

바로 그것을 을지은한이 느꼈을 것이다. 인공위성은 하늘의 눈이라고 했다. 또한 땅바닥의 동전까지도 자세하게 볼 수 있다고도 했다.

그러므로 인공위성이 연달아와 을지은한의 일거수일투족을 감시하는 것은 어려운 일이 아닐 것이다.

지금 두 사람은 인공위성에게 감시를 당하고 있는 것이다. 상대는 묵인자가 분명하다. 그가 중국을 움직여서 중국의 인공위성을 사용하는 것이다.

중국은 묵인자의 조국이다. 그가 아직도 중국을 장악하지 못했다면 말이 되지 않는다. 그리고 그가 아니면 이런 짓을 할 사람이 없다.

거기까지 생각이 미친 연달아는 즉시 옆쪽의 좁은 바위 틈새로 들어갔다.

그곳은 아래쪽과 위쪽에 두 개의 거대한 바위가 서로 맞닿아 있어서 하늘에서는 아래가 보이지 않는다.

그는 바위 틈새 안을 살펴보다가 왼쪽의 바위가 눈이 부실 정도로 흰색이라는 사실을 깨달았다. 즉, 그 바위는 조금 전에 을지은한이 가리켰던 바로 그 바위인 것이다. 단군총이 있는 바위다.

밖에서 보면 두 개의 바위가 서로 맞닿은 것 같지만 바위 틈새는 입구가 겨우 60㎝ 정도로 좁았고 대신 안은 폭이 2.5미터 정도로 꽤 넓었다.

그러나 안쪽으로 들어갈수록 점점 좁아지다가 7~8미터 안쪽은 막다른 곳이다.

그리고 틈새 입구에서 바위 아래쪽 땅까지는 5미터 정도의 높이였다.

또한 입구에서 아래쪽이 한눈에 내려다보이기 때문에 누군가 접근하면 즉시 발견할 수 있을 듯했다.

연달아는 일단 인공위성의 감시 밖에서 잠시 생각을 정리하기로 마음먹었다. 그런 점에서 바위 틈새 안에 있는 것은 안성맞춤이었다.

그는 입구에서 2미터쯤 안쪽에 을지은한을 내려놓고 그녀 옆에 바위를 기대고 앉았다.

을지은한은 지금 같은 긴박한 상황에서 조금도 초조한 표정을 짓지 않고 행복한 표정을 지으며 말끄러미 연달아의 옆모습을 바라보았다.

*　　*　　*

'묵인자!'

전능을 일으켜서 상처를 치료하는 것에 전념하고 있던 보장태왕은 뭔가를 감지하고 움찔 놀랐다.

그가 이곳에 자리를 잡은 지 채 하루도 지나지 않았다. 그런데 그는 방금 익숙한 느낌을 감지했다.

지난 두 달하고도 20여 일, 즉 80일 동안 몸서리쳐지도록 겪었던 바로 그 느낌이다.

그것은 눈이나 귀로 감지하는 것이 아니라 본능적이고 동물적인 감각으로 느끼는 것이다.

그 느낌에 의하면 마치 밤안개처럼 자욱하게 밀려드는 이 어둠과 죽음의 분위기는, 그리고 그것을 몰고 오는 자는 묵인자가 분명했다.

80일 동안 묵인자에게서 도망치기를 반복하면서 치열하게 싸우며 습득하게 된 절대로 잊을 수 없는 느낌이다.

그러나 묵인자가 언젠가는 찾아낼 것이라고 짐작은 했지만 하루도 지나지 않아서 이렇게 빨리 찾아올 줄은 예상하지 못했다.

그가 보장태왕을 찾아내는 주기가 점점 빨라지고 있다. 그것은 보장태왕이 자꾸만 더 궁지에 몰리고 있다는 사실을 방증하고 있는 것이다.

하지만 보장태왕은 마음 한구석으로 자기가 지금 느끼고 있는 것이 묵인자의 기운이 아니기를 원했다. 착각한 것이기를 바랐다.

그 정도로 현재의 그는 절박하다. 열여섯 시간 남짓의 휴식으로 전체 전능의 25% 정도를 겨우 회복했을 뿐이다. 21세기로 워프하는 것은 고사하고 다른 곳으로 도망치는 것마저도 현재로선 절대로 무리다.

그는 숨을 죽이고 바위 바닥에 납작하게 엎드렸다. 그리고는 조용히 전능을 끌어올려서 묵인자의 행방을 감지하려고 노력했다.

제발 묵인자가 아니기를, 설혹 묵인자라고 해도 이곳을 발견하지 못하고 지나쳐 가기를 빌었다.

광런너 보장태왕이 어쩌다가 이런 비참한 꼴이 됐는지를 곱씹어서 생각하기에는 지금의 상황이 너무도 절박했다. 지금은 살아남는 것이 최우선이다. 비참함 따위를 생각하는 것은 사치다.

그런데 갑자기 묵인자 특유의 그 기운이 감지되지 않았다. 조금 전까지만 해도 자욱하게 느껴졌던 그것이 어찌 된 일인지 지금은 느껴지지 않고 있다.

그래서 그는 어쩌면 자신의 신경이 너무 날카로워서 묵인자가 오지 않았는데도 오는 것으로 착각을 했는지도 모르겠다고 생각했다.

혹시나 하는 생각에 전능을 더욱 끌어올려서 살폈지만 역시 묵인자의 기운은 느껴지지 않았다.

"휴우……."

납작하게 엎드려 있던 그는 천천히 몸을 일으키면서 긴 한숨을 토해냈다.

스우우.

그 순간 보장태왕은 자신이 숨어 있는 바위 틈새 안쪽이 갑자기 어두워지는 것을 느꼈다.

움찔 놀라 고개를 들어보니까 아뿔싸! 입구에 시커먼 물체 하나가 우뚝 가로막고 서 있는 것이 보였다. 언제 나타나서 안으로 들어왔는지 모른다. 마치 처음부터 거기에 서 있었던 것처럼 느껴졌다.

물체가 빛을 등지고 있기 때문에 시커멓게 보이지만 보장태왕은 그것이 묵인자라는 사실을 너무도 잘 알고 있다.

심장이 철렁 내려앉고 온몸과 정신이 끝없는 나락으로 추락하는 절망감이 엄습했다.

급히 힐끗 뒤돌아보았다. 바위 틈새 안쪽은 막혀 있다. 도망칠 곳이 없다.

도주로는 앞쪽뿐인데 앞쪽의 묵인자를 뚫고 뛰어나가는 것은 불가능하다. 지난 80일 동안의 쓰라린 경험이 그것을 말해주고 있다.

위로 솟구쳐서 바위를 부수면서 탈출하는 것은 가능하지만, 그렇게 되면 전능을 한꺼번에 많이 소진하게 된다. 그리되면 추격하는 묵인자를 따돌릴 수가 없게 된다.

눈앞이 캄캄했다. 이제야말로 끝장이라는 생각이 들었다. 그 스스로 이런 퇴로가 없는 장소를 선택했으니 누굴 원망할 수도 없다.

묵인자는 천천히 걸어 들어왔다. 반면에 보장태왕은 앉은 자세에서 주춤주춤 뒤로 물러났다.

물러나다가 결국 막다른 곳에 도달하게 되면 더 이상 어떻게 해볼 수 없는 처지가 될 것을 알면서도 물러날 수밖에 없었다.

전능을 최대한 끌어올려서 일격필살 공격을 가해볼까 하는 생각이 스쳤으나 포기했다. 그게 먹힐 리가 없다.

설혹 대등한 상황이라고 해도 일대일로 싸우면 보장태왕이 절반 이상 꿀리고 들어가는데, 전능이 25%밖에 남아 있지 않은 상황에서 앞을 가로막고 있는 묵인자를 물리친다는 것은 어불성설이다.

묵인자가 이곳에 나타난 지 5초밖에 지나지 않았는데도 보장태왕은 몇 년이 흐른 것 같은 중압감을 느끼며 식은땀을 흘렸다.

척!

이윽고 묵인자가 걸음을 멈추었다. 그는 틈새 안의 한가운데에 우뚝 섰다.

그리고 보장태왕은 그에게서 3미터 거리에서 멈추고는 천천히 일어섰다.

묵인자는 보장태왕을 보면서 낭랑한, 그러면서도 유쾌한 웃음을 터뜨렸다.

"하하하! 고장! 이제야말로 더 이상 도망칠 곳이 없게 되었구나!"

"음……."

묵인자는 키가 185㎝에 이르는 장신이다. 어깨가 널찍하고 딱 벌어졌으며 잘록한 허리와 긴 두 팔, 그리고 하체도 매우 길고 단단했다.

귀를 살짝 덮는 현대적인 두발이 아주 잘 어울렸다. 더구나 그는 갸름한 얼굴 윤곽에 서글서글한 눈과 우뚝한 콧날, 그리고 매혹적인 붉은 입술을 지녔다.

나이는 20대 후반이나 30대 초반으로 보였으며, 신사복 바지에 흑갈색 멋진 가죽점퍼를 입었다.

또한 그의 얼굴과 전체적으로 풍겨지는 기운에서는 사악함과 흉포함이 조금도 없었다.

단지 아름다운 용모에 잘빠진 체구를 지닌 청년의 모습일 뿐이었다.

그가 바로 중국 역사상 가장 위대한 성군(聖君)이며 뛰어난 장군이자 정치가, 전략가, 그리고 서예가이기도 했던 '정관의 치'의 주인공 당태종 이세민이다.

"이놈! 이세민! 너는 나하고 무슨 원수가 졌다고 이렇게 핍박하는 것이냐?"

보장태왕은 눈에서 불을 뿜을 듯한 표정으로 묵인자를 노려보며 상처 입은 맹수처럼 으르렁거렸다.

묵인자는 빙그레 미소 지었다. 도저히 적이라고 여길 수 없을 듯한 친근한 미소다.

더구나 만약 여자가 그 미소를 본다면 잠시 동안 정신이 몽롱해질 정도로 아름다운 미소다. 남자라고 해도 저 미소를 보면 마음이 흔들리고 말 것이다.

"고장, 나하고 너, 당나라와 고구려는 원래 원수지간이었는데 새삼스럽게 그게 무슨 말이냐?"

"고구려와 당나라는 이미 오래전에 멸망했다. 21세기에서는 대한민국과 중국이라는 나라가 되어 서로 우호를 다지고 있지 않느냐? 그런데 네가 668년 과거까지 따라와서 나를 죽이려고 하는 이유가 무엇이냐는 말이다!"

"오호, 대한민국과 중국이 우호를 다지고 있다는 말이지? 그게 사실인가?"

"그게 아니면 전쟁이라도 하고 있다는 말이냐?"

묵인자는 뒷짐을 지면서 고개를 끄덕였다.

"그럼 아니냐?"

보장태왕은 당치도 않다는 표정을 지었다.

"너도 눈이 있으면 똑바로 봤을 것 아니냐? 대한민국과 중국이 언제 전쟁을 하더냐?"

묵인자는 눈을 가늘게 뜨고 보장태왕을 쳐다보았다. 그는 보장태왕보다 10㎝ 이상 큰 키로 굽어보는데 마치 다 알고 있는데 왜 딴소리를 하느냐는 표정이다.

"그렇다면 너는 어째서 고구려까지 와서 힘들게 연개소문의 넷째 아들을 대한민국으로 보냈느냐?"

"그것은……."

핵심을 찌르는 물음에 보장태왕은 대답이 궁해졌다.

"게다가 너는 연개소문의 전능을 갖고 와서 그의 넷째 아들인 연달아에게 주어 대한민국으로 가게 했다. 이것은 무엇을 의미하느냐? 전쟁을 준비하는 것이 아니라면 무엇 때문에 그런 일을 벌인 것이냐?"

보장태왕은 표정을 차갑게 굳혔다.

"흥! 연달아가 당나라군에게 협살될 위기에 처했다는 사실을 알게 된 대막리지가 순수한 마음에서 아들을 구하려고 했을 뿐이다!"

묵인자는 고개를 설레설레 가로저었다.

"너희는 무언가를 꾸미고 있는 것이 분명하다."

그는 냉정한 표정을 지었다.

"아마도 그것은 21세기에 고구려 제국을 건설하자는 것이
겠지. 그러자면 필연적으로 중국의 영토를 뺏어야만 한다.
즉, 너희는 암암리에 중국과의 전쟁 준비를 하는 중이며, 그
일환으로 뛰어난 장수이며 전략가인 연달아를 현재로 보낸
것이다. 내 말이 틀렸느냐?"

"무슨 얼토당토않은 소릴!"

보장태왕이 버럭 소리치자 묵인자는 검지를 세워서 좌우
로 흔들었다.

"보장태왕, 우리 부질없는 대화는 그만하도록 하자. 그 대
신 건설적인 얘기를 하는 것이 어떤가?"

보장태왕은 입을 꾹 다물고 할 얘기가 있으면 해보라는 표
정을 지었다.

그러면서 한편으로는 전능을 끌어올려 어느 순간이라도
급습을 할 준비를 갖추었다.

묵인자는 느긋했다. 어깨를 한쪽 바위에 기댄 채 팔짱을 긴
한껏 여유로운 자세이고 또 표정이다. 강자만이 취할 수 있는
태도다.

"고장, 예전부터 나는 그대를 존경하고 있었다. 그대는 연

개소문의 그늘에 가려서 제대로 빛을 발하지 못한 금강석이라고 생각한다. 그러므로 내가 그대를 얻는다면 천군만마를 얻은 것이나 다름이 없다."

보장태왕은 조금도 예상하지 않았던 말에 어이없다는 표정을 지었다.

"무슨 헛소리냐?"

"예로부터 중국은 고조선과 고구려를 동쪽의 오랑캐, 즉 동이(東夷)라 하며 멸시했소. 그러나 사실 나 또한 북방 민족인 흉노(匈奴)에서 갈라져 나온 선비족(鮮卑族) 출신이오. 중국은 선비족이나 동이족 모두를 오랑캐로 여기지 않았소? 다시 말해서 우리는 동료외다."

그의 말투가 변했다. 또한 정중해졌다. 그리고 얼굴과 말투에서 진심을 말하고 있는 듯했다.

묵인자, 즉 당태종 이세민이 흉노에서 갈라져 나온 선비족 출신이라는 것은 알려져 있는 사실은 아니지만 보장태왕은 알고 있었다.

그 옛날 선비족은 적극적으로 한족화(漢族化)에 열을 올려서 나중에는 선비족과 중국 원주민인 한족의 경계 자체가 무의미해졌었다.

그것은 선비족이 살아남기 위한 필사적인 자구책이었다. 선비족의 모태인 흉노(훈족)가 훗날 고향인 북쪽 지방에서 쫓겨나 정처 없이 서쪽으로 향해 가서 지금의 유럽 다뉴브 지방으로 이주해 간 것을 보면 선비족의 한족화는 실로 발 빠른 전략이었다고 할 수 있다.

묵인자는 바위에서 어깨를 떼고 보장태왕을 향해 똑바로 서서 두 손을 내밀어 좌우로 벌려 보였다. 그것은 평화의 제스처이고 포용의 몸동작이었다.

"고장, 아니, 고 형. 나 이세민과 함께 대망(大望)을 펼쳐 봅시다. 우리 둘이 힘을 합치면 세상에서 두려울 것이 없소. 그렇지 않소?"

보장태왕은 시간을 벌 요량으로 묵인자의 대화 속으로 빠져드는 것처럼 행동했다.

"너의 대망이 무엇이냐?"

묵인자는 엄숙한 표정을 지었다.

"세계 제패외다."

"뭐라?"

보장태왕은 놀랐다. 이만저만 놀란 것이 아니다. 묵인자가 세계를 제패할 대망, 아니, 야욕을 품고 있다는 사실은 꿈에서조차 예상하지 못했다.

그가 세계를 제패한다면 제일 먼저 먹이가 될 나라는 당연히 대한민국일 것이다.

지정학적으로 가장 가깝고 또 만만하기 때문이다. 그건 코

흘리개조차도 짐작할 수 있는 사실이다.

보장태왕은 그동안 묵인자와 그의 조직이나 세력에 대해서 의문투성이였던 것들이 머릿속에서 한꺼번에 픽! 픽! 소리를 내면서 깨달아지는 것을 느꼈다.

묵인자는 중국이나 일본, 동남아시아에 엄청난 세력을 구축해 두었다.

심지어는 대한민국 내에도 그의 세력이 구석구석에서 암약하고 있다.

하지만 그것은 어디까지나 막연한 짐작일 뿐이지 구체적인 것은 아니다.

어떤 조직과 세력을 얼마나 거느리고 있는지에 대해서는 다물로서도 파악하지 못하고 있는 형편이다.

그러나 그가 방금 자신의 야욕이 '세계 제패'라고 말한 것으로 미루어봤을 때 그의 조직과 세력은 상상을 초월하는 것이 분명하다.

이미 중국은 그의 수중에 있을 것이다. 그렇다면 북한 김정은도 그의 부하가 됐을 가능성이 크다.

또한 일본은 묵인자의 재정적인 거점이다. 그의 모든 재산이 일본을 중심으로 만들어지고 있다.

현대 사회에서 돈은 곧 모든 것이다. 돈만 있으면 핵무기도 살 수 있으며 군대도 거느릴 수가 있다. 돈이 얼마나 있느냐

가 문제지 무기나 군대를 얼마나 거느릴 수 있는가는 문제도
아니다.

'이런, 맙소사⋯⋯.'

보장태왕은 기가 팍 질렸다. 묵인자는 모든 준비를 마친 것
이 분명하다.

그는 자신의 제안을 보장태왕이 받아들인다면 동료, 아니,
부하로 거두겠지만 거절하면 죽일 것이다.

지금은 죽이기 전에 마지막으로 제안을 하는 것이리라. 밑
져야 본전이니까.

당나라 시절에 이세민은 아무리 적장이라고 해도 항복하
면 자신의 부하로 삼아서 중요한 일을 맡겼고 그 일은 한 번
도 실패한 적이 없었다. 그 정도로 현명하고 또 포용력이 있
는 인물이었다.

묵인자는 여전히 두 팔을 벌린 채 온화한 미소를 지었다.

"오랑캐인 우리가 힘을 모아서 한번 전 세계를 발아래 굴
복시켜 보지 않겠소? 응?"

"그게⋯ 가능한가?"

"물론이오. 이미 모든 준비는 끝났소. 마지막 한 가지만 수
중에 넣으면 대망을 개시할 것이오."

"마지막 한 가지가 무엇이냐?"

보장태왕은 그렇게 물으면서 '마지막 한 가지' 가 자신이

묵인자에게 포섭되는 것이든지 아니면 죽는 것일 거라고 짐작했다.

그런데 그것이 아니다. 묵인자의 대답은 보장태왕의 짐작을 여지없이 깨버렸다.

"절대전능(絶對全能)을 수중에 넣는 것이오."

"절… 대전능?"

보장태왕은 그런 말을 지금 처음 들었다. 하지만 내색을 하지는 않았다.

"절대전능을 손에 넣으면 전지전능자가 될 수 있소. 허울만이 아닌 진정한 전 세계의 황제가 되는 것이오."

"음."

보장태왕은 절대전능에 대해서 아는 것이 없으므로 그냥 굳은 표정으로 신음 소리만 냈다.

가만히 있으면 묵인자가 더 많은 사실을 알려줄 것 같아서 아무 말도 하지 않았다.

"고 형이 이곳으로 온 것은 '절대전능'이 이곳에 있기 때문이오? 그것을 찾으러 왔소?"

보장태왕은 속으로는 무슨 헛소리를 하는 거냐고 중얼거렸지만 내색하지는 않았다.

그는 묵인자에게 죽지 않으려고 도망치다 보니까 여기까지 온 것이지 '절대전능' 하고는 전혀 상관이 없다.

보장태왕이 아무 말도 하지 않자 묵인자는 화제를 바꿨다.

"고 형이 나와 손을 잡으면 우리 쪽에는 런너가 세 명이 되는 것이오."

보장태왕의 짐작은 맞았다. 새로운 사실이 또 나왔다. 묵인자는 또 다른 런너를 동업자로, 아니, 부하로 삼았다.

"어떤 런너인가?"

묵인자는 예의 아름다운 미소를 지었다.

"파(破)런너요."

"파런너? 파괴런너 말인가?"

"그렇소. 입을 벙긋하는 것만으로도 주위의 모든 것을 파괴하는 바로 그 파런너가 나와 손을 잡았소."

보장태왕은 등에서 식은땀이 바작바작 흐르는 것을 느꼈다.

그는 전 세계에 런너가 모두 다섯 명인 것으로 알고 있다. 보장태왕 자신인 광런너와 영런너인 묵인자, 그리고 파런너, 무한런너인 연달아, 마지막으로 선(仙)런너다.

선런너에 대한 것은 알려진 내용이 전혀 없다. 다만 이름이 '선'이라서 신선처럼 고고한 모습이거나 신령한 술법 같은 능력을 갖고 있지 않을까 상상할 뿐이다.

이리가수미가 전능을 지니고 있을 때에는 도런너였다. '도(道)'라는 첫머리를 쓰면 어디든지 가지 못하는 곳이 없고, 공격이든 방어든 그가 행하면 그것이 곧 길[道]이고 방법이 됐었다.

하지만 그의 전능이 연달아에게 와서는 '무한'으로 변했다. 전능은 그 사람의 정신과 육체에 맞도록 진화하기 때문인 것으로 알려져 있다.

묵인자는 진지하면서도 우호적인 동작을 해 보였다.

"고 형, 어떻소? 나와 손을 잡겠소?"

보장태왕은 묵인자의 권유를 받아들일 마음이 추호도 없다. 하지만 아직 묵인자를 급습할 준비가 끝나지 않았다. 게다가 '절대전능'이란 것에 대해서 조금 더 알고 싶었다.

"그렇다면 절대전능을 내게 다오."

그래서 말도 되지 않는 요구를 해보았다. 그따위 요구를 묵인자가 수락할 리가 없다.

그걸 알면서도 일부러 그렇게 요구한 것이다. '절대전능'에 대해서 한마디라도 더 듣고 또 시간을 조금이라도 더 벌기 위해서다.

그러면서 보장태왕은 묵인자의 반응을 터럭만 한 것이라도 놓치지 않으려고 그의 얼굴을 빤히 주시했다.

"그러겠소. 그리 어려운 일은 아니오."

그런데 뜻밖에도 묵인자는 선선히 고개를 끄덕이면서 보장태왕의 예상을 여지없이 깨뜨렸다.

'절대전능'을 얻으면 전지전능자가 될 수 있고, 또 전 세계의 진정한 황제가 될 수 있다면서 그것을 아낌없이 보장태왕에게 주겠다는 것이다.

당태종 이세민은 거짓말을 하지 않는 성격이다. 그 사실은 당나라뿐만 아니라 고구려와 신라, 백제까지도 널리 알려져 있었다.

당태종 이세민이 현재에 환생해서 묵인자가 됐다고 해도 옛날 성격은 변하지 않았을 것이다.

"그 대신 고 형은 두 가지를 해줘야 하오."

"무언가?"

"고 형 스스로 절대전능을 찾아서 자신의 것으로 만들 것, 그리고 내가 고 형의 뇌에 약간의 손을 봐두겠소."

보장태왕은 움찔했다. 자기더러 '절대전능'을 찾으라는 말이나 그의 뇌에 약간의 손을 보겠다는 조건인즉 둘 다 묵인자는 손도 대지 않고 코를 풀겠다는 뜻이다.

결국 묵인자는 아무것도 하지 않고 보장태왕을 부하로 삼겠다는 의도였다.

"이놈!"

부아악!

그 순간 보장태왕은 최대한 끌어올렸던 전능을 두 손에 모아 마치 장풍처럼 묵인자를 향해 뿜어냈다.

보장태왕은 말을 하는 동안 두어 걸음 묵인자에게 가까이 다가갔으므로 자신의 공격을 절대로 피하지 못할 것이라고 생각했다.

보장태왕은 광런너다. 그것은 그가 빛처럼 빠르다는 것이고, 또 모든 공격이 빛으로 이루어진다는 뜻이다.

그의 급습에 묵인자가 죽지는 않더라도 치명적인 부상을 입거나 보장태왕이 도망칠 수 있는 기회를 열어줄 것이라고 믿었다.

보장태왕이 두 손바닥을 내밀면서 앞으로 덮쳐 가자 그의 손바닥에서 번쩍하고 한 줄기 금빛의 광채가 뿜어져 묵인자의 얼굴을 향했다. 그것이 그의 전능이다.

아니, 발출하는 순간 금빛 광채는 어느새 묵인자의 얼굴 앞에 이르고 있었다. 과연 광런너다. 지독하게 빠르다.

파아.

그런데 금빛 광채가 적중되는 순간 묵인자의 모습이 안개가 흩어지듯이 사라져 버렸다.

보장태왕은 흠칫 놀랐으나 어쨌든 입구를 가로막고 있던 묵인자가 사라졌으므로 그대로 달려갔다. 입구 밖으로만 나가면 어디로든 도망칠 수 있을 테니까.

"어딜 가오, 고 형?"

콱!

그런데 그때 그의 뒤에서 묵인자의 목소리가 들리며 동시에 무엇인가 그의 뒷덜미를 거세게 움켜잡더니 안쪽으로 휙 집어 던졌다.

퍼퍽!

바위 틈새 안쪽 구석으로 날아간 보장태왕은 짓이겨지듯 바위에 부딪쳤다가 바닥에 쓰러졌다.

제59장

절대전능

R U N N E R
런너

연달아는 연정토에게 텔레파시를 보냈다. 인공위성에 대해서 물으려는 것이다.

그가 텔레파시를 보내고 2분쯤 지났을 때 연정토의 목소리가 대답했다.

[전하, 잠시만 기다리십시오. 제가 알아보겠습니다.]

연정토는 3분 만에 다시 돌아왔다.

[알아냈습니다. 지금 의무려산 35,890㎞ 상공에 중국의 위치 확인 시스템 정지위성 베이더우[北斗] 8호가 떠 있습니다. 그것이 군왕 전하를 감시하는 것 같습니다.]

연달아의 짐작이 맞았다. 의무려산 상공에 중국의 인공위성이 떠 있는 것이다.

'어떻게 하면 좋겠습니까?'

인공위성에 대해서 전혀 모르는 연달아는 지금 상황에서의 해결책을 연정토에게 물을 수밖에 없다.

[정지위성이 전하 위에 머물러 있다는 것은 중국이 군왕 전하를 감시하고 있다는 뜻이고, 그것은 전하께서 의무려산, 아니, 단군총으로 가신다는 사실을 중국이 알고 있다는 뜻입니다.]

'중국이 알고 있다는 것은 묵인자도 알고 있을 것이라는 뜻입니까?'

[그럴 가능성이 큽니다.]

'그렇다면 나는 어디서부턴가 감시를 당하고 있었군요.'

[아마 베이징공항이었을 것입니다.]

그때 연달아는 아차 하는 생각이 들었다. 그제야 깜빡 잊고 있었던 어떤 생각이 뇌리를 스쳤다.

지난번에 텐쵸오의 정령이 강남경찰서에서 연달아와 고방아, 아랑의 사진을 수십 장이나 찍어서 쿠로카미 등 가디언에게 전송했기 때문에 묵인자 측에서는 당연히 연달아의 용모를 완벽하게 파악하고 있을 것이다.

만약 묵인자가 중국을 장악했다면, 중국 내 전 공항이나 역, 터미널 등에 연달아와 고방아 등의 사진을 보냈을 것이고, 그럼 어제 연달아가 베이징공항으로 입국했을 때 발각되는 것은 이미 정해진 일이었다.

아니, 묵인자는 대한민국 내에도 세력이 있으므로 연달아는 어쩌면 대한민국 인천공항을 출발할 때 이미 정체가 노출됐을지도 모른다.

그렇다면 인천공항에서부터든 베이징공항이든 분명히 미행하는 자들이 있었을 것이다.

그러나 그들은 모습을 드러내지 않고 멀찍이에서만 미행한 것이 분명하다.

연달아가 미행자의 존재를 전혀 모르고 있었다는 것은 보이지 않는 곳에서 미행하고 있다는 뜻이다.

또한 인공위성이 연달아의 일거수일투족을 낱낱이 감시하고 있는 상황이므로 미행자들은 구태여 모습을 드러낼 필요가 없다.

그리고 그들의 목적은, 아니, 묵인자의 목적은 우주 물질일 것이다. 연달아가 단군총에서 우주 물질을 찾는 순간 미행자들이 일제히 덮쳐서 빼앗으려 할 것이다.

[전혀 움직일 수 없는 상황이십니까?]

'그렇습니다. 단군총이 코앞인데 난감하군요. 억지로라도 움직이면 단군총의 위치가 발각될 텐데……'

잠시 침묵이 흘렀다가 연정토가 하나의 방법을 제시했다.

[그렇다면 극약 처방을 쓰는 수밖에 없습니다.]

'무슨 방법을 사용할 겁니까?'

연정토의 대답은 단호했다.

[인공위성의 전파를 교란시킬 생각입니다.]

그가 말한 것처럼 그것은 정말 극약 처방이다.

'어떤 방법을 사용할 것입니까?'

[대한민국 공군의 방어 체제를 이용할 생각입니다.]

연달아는 일이 점점 복잡하고 심각하게 꼬이고 있다는 느낌이 들었다.

'그렇게 하면 그것이 대한민국에서 그랬다는 것을 중국이 알게 됩니까?'

[알 수도 있고 모를 수도 있겠지만 알게 될 가능성이 더 큽니다.]

연달아는 고개를 가로저었다.

'그렇다면 곤란하군요.'

중국의 인공위성 베이더우 8호를 교란시킨 것이 대한민국 공군이라는 사실이 발각된다면 그 여파는 상상을 초월할 정도의 결과를 낳게 될 것이다.

현재는 정치적으로나 군사적, 그리고 모든 면으로 봤을 때 중국이 기침을 하면 대한민국은 독감에 걸리고 만다. 중국이 눈을 부라리면서 호통을 치면 대한민국은 설설 기어야 하는 입장인 것이다.

며칠 전 대통령 선거에서 압승한 이명훈 당선자가 대통령에 취임하면 비굴함으로 일관해 온 중국에 대한 외교 방침이 180도로 바뀌겠지만 지금은 아니다.

지금은 될 수 있으면, 아니, 무조건 몸을 사려야 할 때다. 더구나 다물이 주도하는 대한민국과 중국의 전쟁이 목전에 이르러 있지 않은가.

말 그대로 폭풍전야인 것이다. 폭풍이 불어닥치기 전에는 만물이 고요한 법이다.

이런 첨예한 시기에 중국을 건드려서 좋을 것은 없다. 얻는 것은 한두 개에 불과하지만, 잃는 것은 셀 수도 없을 정도로 많을 것이다. 벼룩 한 마리 잡으려고 집을 다 태울 수는 없는 노릇이다.

잠시 생각하던 연달아는 결국 연정토에게 대한민국 공군의 힘을 빌리는 것을 그만두라고 했다.

'제가 어떻게든 해보겠습니다.'

[괜찮으시겠습니까?]

'하하! 제가 누굽니까?'

[조심하십시오. 여의치 않으면 단군총에 들어가는 것은 다음 기회로 미루십시오. 군왕 전하의 안전이 우선이고 또 우주

물질을 저들에게 뺏기지 않는 것이 최선입니다.]

연정토는 거듭 조심을 당부했다. 그는 중국 정부 뒤에 묵인자가 도사리고 있을 것이라고 확신하는 듯했다.

그러나 텔레파시를 끝낸 연달아는 고심을 거듭했다. 연정토가 걱정할까 봐 자기가 어떻게 해보겠다고 큰소리는 쳐놨지만 뾰족한 방법이 있어서 그런 것은 아니었다.

[여보, 단군총으로 공간이동을 하는 게 어때요?]

그때 을지은한이 조심스럽게 제안을 했다.

연달아도 그 생각을 해보지 않은 것이 아니다. 하지만 아버지 이리가수미의 설명에 의하면 단군총은 외부하고 완전히 차단된 장소인데 그곳으로의 공간이동이 가능할지 자신이 서지 않았다.

여태까지 그는 밀폐된 장소로는, 더구나 어딘지 제대로 모르는 곳으로는 한 번도 공간이동을 해본 적이 없다.

만약 실패해서 인공위성에 노출된다면 그것 때문에 또 다른 골칫거리를 야기할 수도 있는 것이다.

그렇다고 해서 이곳에서 언제까지나 꼼짝도 하지 못한 채 숨어 있을 수만은 없다.

인공위성이 감시를 하고 있다면 조만간 묵인자든 중국의 공격 팀들이 이곳에 들이닥칠 것이다.

하지만 연달아가 움직이지 않으면 그들도 모습을 드러내

지 않을 것이다.

왜냐하면 그들의 목적은 단군총에 있는 우주 물질일 테니까 말이다. 그다음에는 무슨 수를 써서라도 연달아를 죽이려고 할 것이다.

그들로서는 이른바 꿩 먹고 알 먹는 일거양득의 찬스가 바로 지금이다.

이것은 마치 연달아와 을지은한이 독 안에 든 쥐 같은 신세다. 그리고 인공위성과 묵인자, 혹은 그의 부하들이 그 독을 지켜보고 있는 것이다. 그들은 독 안에서 쥐가 나오기만을 기다리고 있다.

10여 분 동안 더 궁리를 하던 연달아는 별다른 뾰족한 방법을 생각해 내지 못했다.

그래서 어쩔 수 없이 단군총으로 공간이동을 시도하기로 했다. 그것은 최후의 방법이다. 언제까지나 이곳에 있을 수는 없기 때문이다.

그러나 만약 그것이 실패한다면 그때 상황을 보아 생각하는 수밖에 없다.

묵인자는 보장태왕의 정수리에 자신의 영검(靈劍)을 깊숙이 꽂아놓은 상태다.

정수리는 사람의 신체 중에서 최고로 위험한 급소다. 손가락으로 세게 누르기만 해도 기절하는 부위에 묵인자의 전능 중에서 가장 강력한 영검을 꽂은 것이다.

영검은 형체를 지니고 있지 않고 눈에 보이지도 않는다. 하지만 그것에 정수리를 찔린 보장태왕은 책상다리의 자세로 바닥에 앉은 채 축 늘어져 있다.

정수리에 꽂힌 영검 때문에 전능을 끌어올리기는커녕 손가락 하나 마음대로 움직일 힘조차 없는 상태다.

묵인자는 보장태왕의 전능을 흡수하여 자기 것으로 만들기로 작정했다.

그는 보장태왕이 우주 물질이 있는 장소를 알고 있을 것이라고 짐작했다.

그런데 그를 부하로 거두는 것과 그의 자발적인 행동으로 우주 물질을 손에 넣는 것이 실패하자 차선책으로 그의 전능을 흡수하는 것을 선택한 것이다.

방법은 간단하다. 영검을 통해서 보장태왕의 전능을 뽑아내서 자신의 몸속으로 빨아들이기만 하면 된다.

묵인자는 보장태왕 앞에 우뚝 서서 그의 머리 위 30㎝ 높이에 손바닥을 활짝 폈다.

이제 손바닥에 전능을 투입하여 영검을 통해서 보장태왕의 전능을 뽑아내기만 하면 된다.

보장태왕은 꼼짝도 할 수 없는 신세지만 정신이 말짱하기 때문에 지금이 어떤 상황이라는 것은 잘 알고 있다.

그는 생의 마지막 순간에 핏발이 곤두선 눈을 한껏 부릅뜨고 묵인자를 노려보았다. 지금 그가 할 수 있는 일은 그것이 전부다. 하지만 그에게는 눈빛으로 묵인자를 물리칠 능력은 없다.

연달아는 을지은한을 업고 우뚝 서서 좌표를 단군총 내부, 즉 희고 거대한 바위 속으로 정하고 공간이동의 전능을 일으켰다.

스우우.

두 개의 바위 틈새에 서 있던 연달아와 을지은한의 모습이 부옇게 흐려지기 시작했다. 그러더니 어느 순간 그 자리에서 감쪽같이 사라졌다.

묵인자는 움찔 놀랐다. 보장태왕의 정수리에 꽂은 영검을 통해서 그의 전능을 뽑아내려는 순간 갑자기 보장태왕의 모습이 흐릿해지는가 싶더니 빠르게 사라지기 시작한 것이다.

아니, 보장태왕만 사라지고 있는 것이 아니다. 묵인자는 자신의 모습도 흐려지면서 사라지기 시작하는 것을 발견하고 당황했다.

찰나의 순간에 묵인자의 머릿속이 번갯불처럼 빠르게 회

전했다. 그는 지금 벌어지고 있는 해괴한 일이 보장태왕의 짓이라고 판단했다.

위급한 상황을 벗어나기 위해서 최후의 방법을 사용한 것이라고 말이다.

그리고 그는 그 짧은 순간에 어떻게 해야 할 것인지를 판단하려고 애썼다.

이대로 있어야 하는 것인지, 아니면 이 알 수 없는 영역에서 벗어나야 하는 것인지를.

물론 보장태왕이 사라지는 속도가 너무 빨라서 그를 죽일 수도, 전능을 빨아내는 것도 어림없는 상황이다.

그러나 사라지고 있는 보장태왕에게 묻어서 자신도 함께 사라진다면 어떤 위험이 도사리고 있을지 예측조차 하기가 어렵다.

이것은 상대의 페이스에 말려드는 것이다. 그렇다면 무조건 위험하다고 생각했다.

생각은 길었지만 결정은 빨랐다. 묵인자는 사라지고 있는 보장태왕에게서 떨어지기로 결정했다.

그러나 이대로 보장태왕을 포기할 수는 없다. 그는 전력으로 뒤로 물러나면서 보장태왕 정수리에 꽂혔던 영검을 회수하는 것과 동시에 보장태왕을 죽이려고 벼락같이 왼손을 뻗어냈다.

꽝!

묵인자의 왼손에서 뿜어져 나간 영력(靈力)이 구석의 바위 벽면을 강타했다.

만약 영력이 보장태왕을 맞혔다면 바위벽에 맞을 리가 없다. 안타깝게도 그의 영력은 보장태왕을 맞히지 못한 것이다. 절대전능을 얻지도, 보장태왕을 죽이지도 못했다. 그는 헛수고만 한 셈이다.

그러나 여기에서 포기할 묵인자가 아니다. 그는 재빨리 틈새 밖으로 쏘아나갔다.

보장태왕이 예상하지 못했던 방법으로 탈출했지만 멀리가지는 못했을 것이라고 판단했다.

그러므로 여태까지 그랬던 것처럼 그를 찾아내는 일은 그리 어렵지 않을 것이다.

"크윽……."

보장태왕은 알 수 없는 힘에 의해서 몸이 다른 공간으로 이동한 직후에 바닥에 모질게 내동댕이쳐지면서 고통스러운 신음을 흘렸다.

그는 지금이 어떤 상황인지 모른다. 자신의 전능이 묵인자에게 흡수되기 직전에 무슨 일이 벌어졌다는 정도만 어렴풋이 짐작할 뿐이다.

하지만 자신이 죽었다고 생각하진 않는다. 죽었다면 고통 따위는 느끼지 않을 테니까 말이다. 단지 어떤 알 수 없는 힘에 의해서 묵인자에게서 벗어난 것이라고 여겨서 그것만으로도 안도했다.

"태왕 폐하!"

그런데 돌바닥에 나뒹굴어 엎드러져 있던 보장태왕의 귀에 누군가의 놀라는 외침이 들렸다.

그리고 그가 몸을 뒤채면서 일어나려고 하자 낯선 목소리의 주인이 급히 그를 부축해서 일으켜 앉혔다.

보장태왕은 머리가 어질어질하고 속이 메스꺼우며 온몸이 아프지 않은 곳이 없다.

그런 와중에 흐릿한 눈의 초점을 맞추어 자신의 앞에 무릎을 꿇고 앉은 두 사람의 얼굴을 똑똑히 보려고 애썼다.

그리고 그중 한 사람의 얼굴이 점차 또렷하게 시야에 들어오자 멍한 표정이 저절로 떠올랐다.

"너는……."

"연달아입니다, 태왕 폐하!"

보장태왕 앞에 앉아 있는 훤칠한 사내가 기쁜 목소리로 크게 외쳤다.

"달아……."

보장태왕은 이것이 꿈인지 생시인지 분간을 할 수가 없어서 눈을 껌뻑거리며 연달아를 바라보았다.

"네가 정말 연달아라는 말이냐?"

"그렇습니다. 가연공주 고방아의 남편 요동욕살 연달아입니다, 태왕 폐하!"

보장태왕은 떨리는 손을 뻗어 연달아의 뺨을 만져 보았다. 따스한 체온이 흐르는 매끈한 살결의 감촉이 만져졌다. 그는 연달아의 뺨을 거듭 쓰다듬으면서 비로소 안도의 한숨을 토해냈다.

"아, 정말 달아로구나."

보장태왕은 이곳이 어딘지도, 연달아가 어떻게 해서 이곳에 나타났는지도 모른다.

하지만 그가 자신의 앞에 있다는 사실만으로도 마음이 더없이 든든해져서 미소가 절로 나왔다. 그래서 방금 전까지 묵인자에게 죽임을 당할 뻔했던 일이 꿈인가 하는 기분마저 들었다.

보장태왕은 연달아가 어떻게 해서 이곳에 나타났으며 21세기 대한민국에 가서는 적응을 잘하고 있는지 궁금한 것이 한두 가지가 아니다.

하지만 지금은 그저 그를 바라보는 것만으로도 흡족하기 비길 데 없다.

예전에는 보장태왕이 연달아를 죽음의 목전에서 구했는데

지금은 그가 보장태왕을 구해주었다.

"달아, 너는 예전보다 더욱 훌륭해졌구나."

보장태왕의 칭찬에 연달아는 겸연쩍은 표정을 지었다.

"별말씀을……"

"아니다. 지금의 너에게선 진정한 군왕의 기운이 넘치고 있다. 내가 너를 대한민국으로 보낸 것이 잘못되지 않은 것 같아서 마음이 놓이는구나."

그때 연달아가 일어나서 우뚝 서며 말했다.

"절 받으십시오, 태왕 폐하."

"아니다. 절은……"

보장태왕은 손을 젓다가 그제야 연달아 옆에 한 명의 소녀가 다소곳이 서 있는 것을 발견했다.

을지은한은 두 손을 앞에 모으고 공손히 아뢰었다.

"소녀는 을지장천의 여식 을지은한입니다."

"오……"

보장태왕은 놀랍고도 반가운 표정을 지었다.

"네가 을지 욕살과 하백녀의 딸이라는 말이냐?"

"그렇습니다, 폐하."

"네가 어떻게 여기에 있느냐?"

그는 연달아를 쳐다보며 의아한 표정을 지었다.

"그러고 보니까 궁금하구나. 너희가 고구려에 무슨 일로 왔느냐? 나를 구하러 왔느냐?"

"아닙니다. 여긴 21세기 중국 의무려산입니다."

"21세기? 도대체 이게……."

보장태왕은 이해할 수 없다는 표정을 지었다. 그러나 이해하지 못하는 것은 연달아나 을지은한도 마찬가지다.

그로부터 한 시간이 지났다.

세 사람은 한 시간 동안 많은 대화를 나눈 결과 몇 가지 사실을 알아냈다. 아니, 추측해 냈다.

우선 세 사람이 있는 곳은 단군총 내부가 분명한 것 같았다. 제단에 있는 단군의 여러 가지 유물로 추측되는 물건들을 보고 그것을 확인했다. 그렇다면 연달아의 공간이동은 성공한 것이다.

그리고 공간이동을 한 연달아와 을지은한이 어떻게 보장태왕하고 같은 공간에 있게 된 것인지에 대한 추측은 대략 이렇다.

연달아와 을지은한이 인공위성을 피해서 숨어들었던 바위 틈새와 보장태왕이 피신했다가 묵인자에게 당하고 있던 바위 틈새가 같은 공간이었을 것이라는 추측이다. 연달아와 보장태왕의 말을 맞춰보니 그들이 있었던 틈새가 동일하다는 것이 거의 확실했다.

또한 틈새 안은 공간이 제법 넓은데 우연의 일치로 연달아와 을지은한이 있던 장소와 보장태왕이 있던 장소가 정확하게 겹쳐져 있었다.

단지 서기 668년과 서기 2012년이라는 1344년의 시차가 다를 뿐이지 세 사람은 같은 장소에 같은 바닥을 딛고 서 있었던 것이다.

그런 상황에서 연달아가 공간이동을 시도했으며, 같은 곳에 겹쳐져 있던 보장태왕이 함께 공간이동을 한 것이다.

어떻게 해서 그렇게 될 수 있었는지는 모른다. 어떤 신묘한 작용이 벌어진 것만은 분명한데 그것은 짐작조차 할 수 없는 상황이다.

아무리 같은 장소라고 하지만 어째서 668년에 있던 보장태왕이 2012년에 있는 연달아, 을지은한의 공간이동에 편승할 수 있었는가 하는 것은 풀리지 않는 숙제다.

단지 보장태왕이 조심스럽게 내놓은 해석이 하나 있다. 1이라는 런너가 시공을 초월할 때 다른 2라는 런너가 꼬리잡기를 하면 1런너의 시공 초월에 손쉽게 편승할 수가 있다는 가설이다.

하지만 어떻게 해서 그럴 수 있는 것인지는 풀리지 않는 숙제로 남아 있다.

연달아, 을지은한과 우연히 같은 장소에 겹쳐져 있던 보장태왕은 두 사람이 공간이동을 할 때 본의 아니게 꼬리잡기를 했을 가능성이 높다.

그런데 문제는, 이곳이 668년인가 아니면 2012년인가 하는 것이다.

공간이동을 하는 과정에서 668년에 있던 보장태왕이 2012년으로 워프를 하게 된 것인지, 그 반대의 상황이 벌어진 것인지 알 수가 없다.

현재 을지은한은 인공위성의 존재를 감지하지 못했다. 이곳이 바위 속 밀폐된 장소이기 때문에 그런 것인지, 아니면 과거 668년으로 왔기 때문인지 모를 일이다.

연달아는 보장태왕에게 그가 왜 아직도 고구려에 있는지 이유를, 아니, 사정을 듣게 되었다.

그런데 그 이유가 순전히 연달아 자신을 죽음에서 구하고 또 2012년 대한민국으로 보내는 것 때문이었다는 사실을 알게 되어 보장태왕에게 미안해서 어쩔 줄을 몰랐다.

더구나 생명의 은인인 보장태왕이 절망 속에서 허우적거리고 있는데도 자신은 그의 존재를 잊고 있었으며 또 소홀했다는 생각에 죄스러운 마음을 떨치지 못했다.

보장태왕은 자신의 목숨을 도외시하면서까지 연달아를 구했던 것이다.

어쩌면 그것은 연달아가 고방아의 남편이기 때문에 가능

했을지도 모른다.

심장에 극심한 중상을 입은 상태였던 보장태왕은 668년 고구려에서 연달아를 대한민국으로 보내면서 고방아를 보호하라고 끝까지 그 말만을 되풀이했었다.

그는 딸들을 버린 것이 아니라 오히려 목숨을 바칠 정도로 그녀들을 사랑했던 것이다.

"이곳이 단군총이라는 말이냐?"

연달아가 이곳에 오게 된 목적에 대해서 듣고 난 보장태왕은 단군총 내부를 둘러보며 자못 놀랍고도 경건한 표정을 지었다.

"그렇습니다. 이곳에 나머지 절반의 우주 물질이 있다고 아버님께서 말씀하셨습니다."

연달아는 자기가 직접 일본으로 가서 이리가수미를 만났던 일과 그에게서 들은 우주 물질과 전능에 얽힌 얘기를 조금 전에 보장태왕에게 해주었다.

보장태왕은 진중하면서도 기대 어린 표정을 지었다.

"우주 물질 26가지를 흡수한 나와 이리 형의 전능이 이 정도라면 나머지 우주 물질을 흡수하게 되면 정말 굉장한 능력을 발휘하겠구나."

보장태왕은 연개소문의 성인 '연'에 해당하는 '이리'라는 호칭으로 그를 불렀다.

"그럴 것입니다. 그 우주 물질에는 92원소 중에 나머지 전부가 들어 있지 않다고 해도 최소한 26가지 이상은 담겨 있을 것이라고 아버님께서 말씀하셨습니다."

세 사람은 아직 단군총 내부를 둘러보지 않았다. 처음 이곳에 도착한 장소에 모여 앉아서 그동안의 사정 얘기를 하고 있는 중이었다.

"어디 좀 살펴보자."

마음이 크게 안정되어 기분이 고무된 보장태왕은 손으로 바닥을 짚으면서 몸을 일으켰다.

80여 일 동안 줄곧 다친 상태였기 때문에 일어서려고 자기도 모르게 손으로 바닥을 짚었다.

그러다가 그는 상처가 전혀 아프지 않다는 사실을 깨닫고 적잖이 놀라 일어나서 급히 자신의 몸을 살펴보았다. 그런데 통증만 느끼지 못하는 것이 아니라 심장이며 옆구리, 무릎, 그 밖의 자잘한 상처들이 씻은 듯이 다 나았다는 사실을 직접 눈으로 보고 깨달았다.

"이게 도대체……."

그는 놀라서 중얼거리다가 뭔가 짚이는 바가 있어서 연달아를 쳐다보았다.

"네가 나를 치료했느냐?"

연달아는 빙그레 미소 지었다.

"그렇습니다."

사실 연달아는 처음 보장태왕을 발견했을 때 몹시 놀라는 와중에서도 그가 중상을 입었다는 사실을 깨닫고 그를 부축하는 과정에 전능을 주입하여 말끔하게 치료를 해주었던 것이다.

보장태왕은 자신의 몸을 한 번 더 둘러보면서 재차 감탄하며 혀를 내둘렀다.

"굉장하구나, 달아!"

"과찬이십니다."

연달아는 장인어른에게 칭찬을 들으니 쑥스러워서 얼굴을 붉혔다.

잠시 후에 세 사람은 단군총 내부의 한복판 바닥에 움푹 파인 곳에 놓여 있는 하나의 물체를 찾아냈다.

그것은 야구공만 한 크기이며 처음에 발견했을 때는 흑갈색이었는데 손으로 만지니까 즉시 수십 가지의 찬란한 빛을 뿜어냈다.

그런데 그 색깔이 굉장히 많았다. 대충 보기에도 26가지의 곱절 이상 될 듯했다.

연달아는 색깔 하나가 우주 원소 한 종류를 나타내는 것이라 추측하고 재빨리 색깔의 수를 세어보았다. 그 결과 모두 66가지라는 것을 알 수 있었다.

"모두 66가지 색깔입니다."

"66개라고? 정말이냐?"

"정확합니다."

"오오, 맙소사!"

연달아는 차분하게 말하는 반면에 보장태왕은 흥분을 감추지 못하고 탄성을 터뜨렸다.

우주에 존재하는 원소가 모두 92개인데 이리가수미와 보장태왕이 26개를 나누어 가졌고, 나머지 66개가 지금 세 사람 수중에 있는 것이다.

이리가수미와 보장태왕이 어떤 형태로 26원소를 나눠 가졌는지는 모른다.

그래도 둘 다 똑같이 13원소씩 나눠 가졌다고 해도 이리가수미의 전능을 고스란히 물려받은 연달아가 다시 66원소를 갖게 되면 도합 79원소를 지니게 되는 것이다. 엄청난 일이 아닐 수 없다.

장차 그의 능력이 어느 정도가 될지는 상상하는 것조차도 두려운 일이다.

그러나 한 가지 분명한 것은 그렇게 되면 묵인자를 훨씬 능가할 것이라는 사실이다.

보장태왕은 묵인자가 말하던 '절대전능'이 바로 이 우주 물질이라고 판단했다.

그런데 이것이 만약 묵인자 손에 들어갔다고 생각하면, 그보다 더 최악의 경우는 없을 것이다. 그리되면 다물의 모든 계획을 원점에서부터 새로 세워야 한다.

"이리 형께서 이것을 찾으면 어떻게 하라고 했느냐?"

연달아는 머뭇거렸다.

"괜찮다. 어서 말해라."

"깨뜨려서 제가 흡수하라고 말씀하셨습니다."

보장태왕은 크게 고개를 끄덕였다.

"당연히 그래야지. 내 생각도 이리 형과 같다. 그렇다면 어서 깨뜨리지 않고 뭘 꾸물거리느냐?"

"태왕 폐하."

그러나 연달아는 그러는 것이 쉽지 않았다. 이리가수미도, 보장태왕도 그렇게 하라고 말하지만, 우주 원소를 66개씩이나 자신이 차지한다는 것이 너무나 죄송했다.

그는 원래 우주 물질을 찾아 돌아가서 이리가수미의 전능을 회복시켜 주고 여황인 고방아에게도 나눠 줄 계획이었다.

탁!

"이리 다오."

그런데 보장태왕이 망설이고 있는 연달아의 손에서 우주

물질, 즉 절대전능을 뺏듯이 낚아챘다.

그러더니 진지한 얼굴로 을지은한의 팔을 잡고 뒤로 성큼 성큼 물러났다.

연달아는 그가 무엇을 하려는지 짐작하고 난감한 표정을 지었으나 어떻게 해야 할지 몰랐다.

쾅—!

그런데 그 순간 엄청난 폭음이 터졌다. 그와 함께 단군총 내부가 금방이라도 무너질 듯이 세차게 흔들리자 세 사람은 균형을 잡지 못하고 휘청거렸다.

단군총 내부 천장에서 커다란 돌덩이들이 소나기처럼 우수수 쏟아졌고, 벽에 금이 쩍쩍 갔다.

"묵인자다!"

보장태왕은 본능적으로 그렇게 느끼고 다급히 소리쳤다. 묵인자가 어떻게 해서 단군총의 위치를 정확하게 알아냈는지 모르지만, 그는 방금 일어난 폭음이 묵인자의 짓이라고 단정 했다.

"서둘러라, 달아!"

보장태왕은 외침과 함께 쥐고 있던 절대전능을 연달아를 향해 던졌다.

꽈꽝—!

그 순간 또 한 차례 어마어마한 폭음이 터졌다. 방금 전 폭음보다 훨씬 강력하다.

그리고 그와 함께 연달아가 서 있는 쪽에서 오른쪽으로 10미터쯤 떨어져 있는 벽에 커다란 구멍이 뻥 뚫리면서 내부의 공기가 그 구멍을 통해서 쏟아져 나갔다. 그것은 마치 거센 소용돌이에 빨려드는 듯한 위력이었다.

연달아는 앞뒤 잴 것도 없이 자신을 향해 날아오는 절대전능을 향해 손을 뻗었다.

픽!

그 순간 66가지 찬란한 색깔을 뿜어내고 있는 절대전능이 날아오는 도중에 짧은 둔탁한 음향을 내면서 작은 폭발을 일으켰다.

"어서 흡수해라!"

보장태왕이 다급하게 외치기도 전에 연달아는 이미 절대전능의 폭발을 향해서 몸을 날리고 있었다.

휘오오오—

연달아의 몸이 닿자 66개의 색깔이 그의 주위를 세찬 회오리처럼 맴돌면서 빠른 속도로 그의 몸속으로 흡수되기 시작했다.

그런데 지금의 급박한 상황하고는 상관없이 그 광경은 마치 우주 쇼를 보는 것처럼 신비롭고 아름다웠다.

슈아악!

그런데 바로 그때 방금 전 폭발로 뚫린 구멍을 통해서 하나의 시커먼 그림자가 쏜살같이 쏟아져 들어오더니 곧장 연달아를 향해 돌진해 갔다.

순간 검은 그림자와 연달아 중간에 있던 보장태왕과 을지은한이 동시에 수법을 발휘했다. 마치 기다리고 있었다는 듯한 재빠른 반응이다.

보장태왕은 순식간에 온몸이 한 줄기의 광채로 화해서 검은 그림자를 향해 맹렬하게 부딪쳐 갔다. 그 광채는 위력도 위력이지만 수만 도의 극열을 지니고 있어서 무엇이든 닿는 즉시 녹아버린다.

보장태왕의 형체는 흐릿해지고 우주 공간을 쏘아가는 하나의 혜성 같았다.

그리고 을지은한은 손가락으로 허공에 '벽(壁)'이라는 한 글자를 써서 날렸다.

시커먼 그림자는 역시 묵인자였다. 그는 연달아를 향해 무엇으로도 비교할 수 없을 만큼 빠른 속도로 돌진하다가 양손을 각각 보장태왕과 을지은한을 향해 뻗었다. 두 사람의 공격을 대수롭지 않게 여긴다는 동작이다.

퍼퍼퍽! 퍼퍼퍼퍽!

묵인자의 양손에서 번쩍하고 뿜어져 나간 십여 개의 영검이 광채로 화한 보장태왕과 을지은한의 얼굴과 상체에 빼곡하게 꽂혔다.

그러나 묵인자는 보장태왕과 격돌하느라 돌진하는 속도가 주춤하며 약간 늦춰졌다.

꽈자작!

또한 을지은한이 만들어놓은 보이지 않는 벽에 충돌하여 그것을 박살 내느라 또다시 속도가 떨어졌다.

휘르르르.

그리고 그 순간에 66개의 색깔 중에서 회색 같기도 하고 노란색 같기도 한 마지막 색깔, 즉 원소가 연달아의 몸속으로 흡수되고 있었다.

'늦었다!'

묵인자는 연달아의 3미터 가까이 이르렀을 때 그것을 발견하고 얼굴이 일그러졌다.

하지만 그는 포기하지 않았다. 원래 그는 포기라는 것을 모르는 성격이다. 연달아를 제압해서 절대전능을 뺏으면 된다고 생각했다.

그런데 그때 연달아에게서 이상한 현상이 벌어지기 시작했다. 그는 우뚝 서 있는데 자체 발광을 하는 것처럼 온몸 여기저기에서 수십 가지 색깔의 광채가 어지럽게 마구 번쩍였다. 그의 몸속에서 번쩍이는 광채가 몸 밖으로 뿜어지고 있는 것이다.

그것은 마치 나이트클럽에서 플로어에 비추는 조명처럼 현란했고, 또 그 광채들이 서로 섞이고 부딪치면서 레이저빔 같은 빛 수십 줄기를 현란하게 뿜어냈다.

묵인자는 그 빛이 바로 우주 원소들이며 연달아의 체내에서 섞이고 있는, 즉 융합되고 있는 중이기 때문에 지금 공격하지 않으면 영원히 기회가 없다고 판단했다.

그의 판단은 정확했다. 우주 만물은 창조되어 만들어지고 완성되는 3단계를 거치는데, 지금 연달아는 마지막 완성 단계를 진행하는 중이다.

그러므로 무엇보다도 중요한 지금 그를 건들면 모든 것이 물거품이 돼버리고 말 것이다.

차아앙—

묵인자가 두 손바닥을 가슴 앞에서 합치자 날카로운 음향과 함께 빛나는 하나의 물체가 밀착시킨 두 손바닥 사이에 세로로 나타났다.

그것은 한 자루의 검이다. 손잡이는 없으며 위쪽과 아래쪽 모두 빛나는 칼날만 있다.

바로 영검이다. 그의 전능을 모조리 뿜어내서 만든 최강의 영검인 것이다.

묵인자는 영런너다. 그러므로 그가 발휘하는 전능은 모두 '영'으로 이루어진다.

원래 영검은 형체가 없는데 묵인자가 전능을 최고조로 발휘했기 때문에 빛나는 형체가 만들어졌다.

연달아의 몸에서 빛나는 광채는 이제 절정에 이르렀다. 그는 고개를 젖혀 위를 보면서 두 팔을 활짝 벌려 포효하는 듯한 자세를 취했다.

후오오오—

묵인자는 두 손에서 영검이 만들어지자마자 그대로 연달아의 얼굴을 세로로 베어나갔다.

그러나 그 순간 그의 뒤 오른쪽에서 얼굴과 상체가 피로 물든 보장태왕이 온몸을 던져서 한 자루 빛의 창을 만들어 묵인자의 등을 찔러갔다.

보장태왕은 방금 전에 묵인자의 영검 공격에 당해서 만신창이가 되었으나 사력을 다해서 최후의 공격을 퍼붓고 있는 것이다.

목숨을 바쳐서라도 연달아가 전지전능자가 되는 것을 지켜야 하기 때문이다.

그리고 같은 순간 을지은한은 죽일 '살(殺)' 자를 써서 묵인자에게 날렸다.

그러자 그녀의 몸이 하나의 피처럼 붉은 화살이 되어 묵인자의 뒤통수를 향해 무서운 속도로 쏘아갔다. 그녀는 '殺' 자를 써서 자신의 몸을 무기화시킨 것이다. 캄캄한 우주에서 블

랙홀로 빨려 들어가듯이 그녀의 몸이 찰나지간 뾰족하고 가늘게 변해 날아갔다.

연달아의 몸을 세로로 일도양단하기 직전의 묵인자는 자신의 배후 양쪽에서 무섭게 쇄도해 오는 두 개의 거센 공격을 감지했다.

그리고 그 공격이 상상을 초월할 정도로 강력하다는 사실을 본능적으로 감지했다.

이대로 공격하면 연달아를 벨 수는 있다. 그러나 묵인자 자신도 죽게 될 것이다. 아니, 죽지 않더라도 치명상을 입게 될 터이다.

그런 상황에 처하면 연달아를 죽인다고 해도 아무짝에도 쓸모가 없다.

자기가 죽거나 치명상을 입어서 연달아와 보장태왕 등에게 제압되어 버린다면 천하 아니라 우주를 다 얻은들 무슨 소용이라는 말인가.

결국 묵인자는 연달아의 머리를 베어가던 영검의 방향을 맹렬하게 뒤쪽으로 틀었다.

쉐애앵—

바로 그 순간 우주 원소 66개가 연달아의 체내에 완벽하게 제자리를 잡았다.

그의 체내에 원래 존재했던 이리가수미의 우주 원소 13개와 융합을 이루어 79개가 되었다.

그리고 다음 순간 그의 시야에 제일 먼저 들어온 것은 묵인자가 3미터 길이의 영검으로 보장태왕과 을지은한의 몸통을 벤 직후의 광경이다.

보장태왕과 을지은한의 두 동강 난 몸뚱이가 허공에 떠올랐다가 바닥으로 떨어지고 있었다.

그리고 묵인자는 힐끗 연달아를 쳐다보았다. 그 순간 연달아의 얼굴은 분노로 일그러지고 있었다.

묵인자는 보장태왕과 을지은한의 몸을 자를 때 이미 절반쯤은 연달아를 포기했다.

두 사람을 죽이는 그 짧은 순간에 연달아가 우주 원소의 융합을 끝낼지도 모른다고 생각했다. 만약 그렇다면 묵인자는 연달아의 상대가 못 된다.

그리고 그 짐작은 불운하게도 맞아떨어졌다. 그가 힐끗 쳐다보는 짧은 순간 연달아의 몸에서는 더 이상 광채가 뿜어지지 않았다.

연달아는 우뚝 서서 부릅뜬 눈으로 묵인자를 보고 있었다. 아니, 묵인자가 베어버린 보장태왕과 을지은한의 슬픈 몸뚱이를 보고 있었다.

묵인자의 생각은 짧았다. 그리고 결정은 더 짧았다. 행동은 결정보다 더 빠르게 하는 것이 그의 좌우명이다.

연달아가 자기 동료들의 죽음을 쳐다보는 그 찰나의 순간 묵인자는 이미 자기가 뚫어놓은 구멍으로 몸을 날려 빠져나가고 있었다.

　묵인자는 지금 연달아가 자기를 추격하면 절대로 그의 손아귀에서 빠져나가지 못한다는 사실을 알고 있다.

　하지만 어쩌면 연달아가 자길 추격하지 않고 동료들의 죽음을 먼저 챙길지도 모른다고 생각했다. 그래야지만 묵인자가 무사할 수 있을 것이다. 그래서 그는 연달아가 착한 놈이기만을 빌었다.

　연달아는 도망치는 묵인자 따윈 안중에도 없었다. 그의 눈에는, 그의 마음과 정신에는 오로지 두 동강 나서 바닥에 떨어지고 있는 보장태왕과 을지은한의 몸뚱이만 가득 짓이겨져 들어올 뿐이다.

　"폐하! 은한아!"

　그는 순간적으로 어떻게 해야 할지 몰라 그들에게 달려가며 울부짖었다.

　보장태왕과 을지은한은 아직 죽지 않았다. 두 사람의 잘라진 상체와 하체가 따로 떨어져서 꿈틀거리고 펄떡거렸다. 그런 광경이 연달아의 가슴을 찢어지게 만들었다. 몸통이 잘라진 충격으로 잠시 꿈틀거리겠지만 두 사람은 몇 초, 길어야 1분 안에 죽을 것이다.

을지은한은 연달아를 바라보고 있었다. 그런데 얼굴에는 조금도 고통스러운 표정이 떠올라 있지 않았다. 오히려 행복한 표정이 가득했다.

연달아의 여자가 될 수 있었고, 자신이 죽음으로써 연달아를 살릴 수 있었던 것이 정말 다행이었다는 표정이라는 것을 보는 순간 알 수 있었다.

그러나 연달아는 어떻게 해볼 도리가 없다. 런너에게 당한 상처를 치료할 수는 있지만 몸이 절단된 것은 그로서도 방법이 생각나지 않았다.

아니, 방법이 없다. 연정토도 이리가수미도 그것에 대해서 누누이 말하면서 조심하기를 당부했었다.

그때 허리가 뭉텅 잘려서 상체뿐인 보장태왕이 눈을 부릅뜬 모습으로 부들부들 떨리는 손을 내밀었다.

무슨 말을 하려는 듯 안타깝게 입을 벙긋거렸으나 말이 되어 나오지는 않았다.

"폐하!"

연달아는 급히 그의 손을 잡았다.

스스으으.

그런데 보장태왕의 팔에서 여러 가지 색의 기운이 연달아의 팔로 전해졌다. 아니, 그것은 그 즉시 그의 몸속으로 스며들었다.

연달아는 움찔 놀랐다. 그는 그것이 보장태왕의 전능이라
는 것을 직감했다.

그는 죽어가면서 마지막 한 움큼의 정신력으로 자신의 전
능을 연달아에게 준 것이다. 그것이 연달아의 마음을 찢어지
게 만들었다.

"폐하……."

그가 놀란 얼굴로 쳐다보자 보장태왕은 눈을 부릅뜬 모습
으로 이미 숨이 끊어졌다. 조금 떨어진 곳에서 을지은한도 연
달아를 바라보는 시선 그대로 죽어 있었다.

연달아는 딛고 있는 바닥이 한없이 푹 꺼지는 듯한 절망감
을 느꼈다.

졸지에 보장태왕과 을지은한을 한꺼번에 잃어버리다니,
현실처럼 여겨지지 않았다.

그는 그 자리에 퍼질러 앉아서 착잡한 표정으로 을지은한
을 쳐다보았다.

그녀는 어젯밤에 연달아에게 순결을 주어 그의 여자가 됐
는데, 지난 생들이 그랬듯이 이번에도 20세를 넘기지 못하고
죽는 신세가 돼버렸다.

을지은한이나 보장태왕 둘 다 연달아가 아니었으면 죽지
않았을 사람들이다.

그들은 마지막 순간까지도 연달아를 위해서 목숨을 아끼

지 않았다.

그래서 연달아는 더욱 마음이 갈가리 찢어지는 것만 같았다. 자기 자신이 증오스러워서 미칠 지경이다.

그때 문득 그는 보장태왕이 죽어가는 순간에 전능을 주입해 주었다는 사실에 생각이 미쳤다.

그렇게 되면 연달아는 우주 물질 92개를 한 몸에 모두 갖게 되는 것이다.

즉, 런너인 묵인자가 죽인 보장태왕과 을지은한을 되살릴 수 있을 것이라는 뜻이다.

생각이 거기에 미친 연달아는 즉시 보장태왕과 을지은한의 잘라진 몸을 붙여놓고 똑바로 눕혔다.

이어서 두 사람 사이에 무릎을 꿇고 앉아서 눈을 감고 전능, 아니, 절대전능을 끌어올렸다.

사아아.

그의 온몸에서 수십 가지 색깔의 기체가 안개처럼 솟아나와 머리 위로 솟구쳤다가 두 갈래로 나뉘더니 보장태왕과 을지은한을 향해서 무지개처럼 흘러내렸다.

기체 색깔의 수는 모두 26가지, 인간을 형성하는 26원소다. 그것들이 보장태왕과 을지은한의 잘려진 부위를 집중적으로 감싸는가 싶더니 두 사람의 몸이 바닥에서 30㎝ 정도 허공으로 서서히 떠올랐다.

그리고는 26원소가 두 사람을 완전히 뒤덮고 시계방향으로 느릿하게 회전하기 시작했다.

그러기를 1분 정도. 두 사람의 몸이 서서히 바닥으로 내려지고 이어서 26원소가 스르르 연달아의 몸으로 거슬러 올라 회수되었다.

설명은 길었으나 처음부터 끝까지 걸린 시간은 3분도 채 걸리지 않았다.

연달아는 눈을 뜨고 두 사람을 번갈아 굽어보는데 매우 긴장하는 표정이 역력하다. 자신은 최선을 다했지만 두 사람을 살려냈는지 미지수이기 때문이다.

그때 보장태왕과 을지은한이 눈을 뜨고는 잠시 깜빡거리더니 놀란 듯한 얼굴로 벌떡 상체를 일으켰다.

"여보!"

을지은한이 놀랍고도 기쁜 나머지 나직이 외치면서 연달아에게 와락 안겼다.

보장태왕은 빙그레 미소 지었다.

"네가 내 뜻을 제대로 이해했구나."

그는 허리가 절단되어 죽어가는 마지막 순간에 연달아에게 자신의 전능을 주어서 그로 하여금 자신과 을지은한을 살려내게 하려는 의도였다. 그런데 그것을 연달아가 정확하게 실천한 것이다.

"돌아오셔서 기쁩니다."

연달아는 빙그레 미소 지으면서 악수를 청하듯 오른손을 내밀었다.

보장태왕은 아무 뜻 없이 그의 손을 마주 잡고 악수를 했다.

스으.

그때 연달아의 팔을 통해서 여러 가지 색이 보장태왕의 팔로 빠르게 흘러들었다.

"엇?"

보장태왕은 깜짝 놀라면서 황급히 연달아의 손을 뿌리쳤다. 하지만 그때는 이미 우주 원소가 꽤 많이 그의 체내에 흡수된 뒤였다.

그는 자신이 준 우주 원소를 연달아가 되돌려 주려고 악수를 청했다는 사실을 그제야 깨달았다.

"무슨 짓이냐? 나는 아예 이 기회에 전능을 너에게 줄 생각이었다."

보장태왕의 말에 연달아는 빙그레 미소 지었다.

"그래도 저는 폐하보다 훨씬 많습니다."

보장태왕은 잠시 자신의 전능을 끌어올려 보더니 깜짝 놀라는 표정을 지었다.

"이게 뭐냐? 예전보다 일곱 개나 더 많아졌구나!"

그는 놀라면서도 어이없다는 표정으로 연달아를 쳐다보았다.

"너……."

"폐하께서 뿌리치지 않으셨으면 좀 더 나눠 드릴 생각이었습니다."

보장태왕은 복잡한 표정으로 그를 바라보았다. 한 번 주었던 전능을 돌려받은 데다 원래보다 훨씬 많은 일곱 원소를 더 받았으니 도합 20원소가 되었다. 그는 연달아의 욕심없고 공명정대한 마음에 적잖이 감동을 받았다.

"나는 필요없다. 다시 가져가라."

보장태왕은 정색을 하면서 손을 뻗으며 연달아의 손을 잡으려고 하였다.

그러나 연달아는 손을 피하면서 정중하게 말했다.

"이후에 폐하께서 또다시 묵인자를 만나게 되실 경우에 그자를 톡톡히 혼내주십시오."

보장태왕은 뚝 손을 멈추었다. 이어서 지난 80일 동안 자신이 묵인자에게 얼마나 농락당했었는지를 생각하고는 비로소 손을 거두었다.

"알았다. 묵인자를 혼내줄 때까지만 보관하고 있으마."

"그러십시오."

"그건 그렇고……."

묵인자가 갑자기 정색을 하면서 연달아와 을지은한은 번갈아 쳐다보았다.

"조금 전에 은한이가 달아 너에게 '여보'라고 부르던데, 너희, 언제 그런 사이가 되었느냐?"

연달아와 을지은한은 동시에 얼굴을 붉히며 뜨끔한 표정으로 고개를 숙였다.

"죄송합니다."

연달아는 어젯밤에 있었던 일을 설명했다. 즉, 단군총의 위치를 알아내느라 을지은한이 모친 하백녀 나여운의 혼령과 접신한 일, 이후에 을지은한이 지난 1350여 년 동안 매번 생에서 20세를 넘기지 못해서 그것을 지켜보는 나여운이 몹시 안타까워했다는 것, 그리고 나여운이 연달아에게 을지은한을 거두어달라고 애원했다는 내용을 이야기해 주었다.

그런데 정작 놀란 사람은 보장태왕이 아니라 그런 사실을 전혀 모르고 있던 을지은한이다.

그녀는 연달아가 사랑으로 자기와 한 몸이 됐다고 생각했는데 이제 보니까 어머니의 혼령이 간곡하게 애원을 한 것이다.

그래서 그녀는 크게 당황하기도 하고 또 비참한 심정이 되어 어쩔 줄을 모르며 전전긍긍했다.

그런 그녀의 마음을 헤아린 연달아는 팔을 뻗어 그녀의 어깨를 부드럽게 안으며 보장태왕에게 공손히 말했다.

"전후 사정이야 어찌 되었든 저는 은한을 사랑합니다."

을지은한은 감동하여 눈물을 글썽이면서 두 팔로 연달아를 꼭 끌어안았다.

보장태왕은 엷은 미소를 지으며 고개를 끄덕였다.

"너를 나무랄 수 없는 일이다. 아니, 잘했다."

그는 연달아가 고방아를 버릴 것이라고는 꿈에도 생각하지 않는다.

제60장

고구려의 눈물

R U N N E R
런너

    연달아는 단군총에서 단군의 유품들을 챙겨서 보장태왕, 을지은한과 함께 밖으로 나왔다.

    중국의 위치 추적 정지 인공위성이 감시를 하고 있어도 이미 절대전능을 자기 것으로 만들었기 때문에 거리낄 것이 없다는 생각이다.

    연달아는 왔던 길을 되짚어서 심양으로 향했다. 그곳에서 기차를 타고 단동으로 갔다가 다물 북한팀 요원들과 합류하여 압록강을 건너서 북한 신의주로 들어갈 계획이다.

    만약 그사이에 중국의 미행팀이 연달아 일행을 공격해 온다면 즉각 응대해 줄 생각이다.

연달아와 보장태왕은 무서울 것이 없는 존재가 되었으니 싸움을 걸어오는 중국인을 피할 이유가 전혀 없다. 묵인자라고 해도 겁날 것이 없다.

그러나 묵인자가 미치지 않았다면 연달아에게 싸움을 걸어오는 일은 없을 것이다.

이곳은 중국이다. 중국인들과 싸움을 벌여서 건물을 부수건 사람을 죽이건, 시쳇말로 개판을 쳐도 중국이 부서지고 중국인이 죽는 것이니 연달아로서는 아무것도 거리낄 것이 없는 상황이다.

또한 연달아나 보장태왕, 을지은한은 중국이라면 이가 갈리는 사람들이다. 그래서 누구든지 걸려들면 박살을 내줄 생각을 하고 있다.

연달아는 을지은한을 업고 고속도로를 달리는 스포츠카보다 열 배 이상 빠른 속도로 달렸다.

아니, 거의 날아가는 수준이다. 그리고 보장태왕이 그의 뒤를 바짝 따랐다.

광런너인 보장태왕이지만 연달아가 천천히 달리는 속도를 따라가려고 전력을 다해야만 했다.

그런데 의무려산을 다 벗어나서 넓은 들판으로 나왔는데도 어제 봤던 익숙한 풍경이 보이지 않았다.

어제 심양에서 의무려산으로 갈 때는 여기저기 쭉쭉 뻗은 아스팔트길과 그 길을 달리는 차량들, 그리고 들판에 농가들이 즐비했다.

또한 의무려산 바로 아래까지 도로가 뻗어 있어서 연달아와 을지은한은 거기까지 택시를 타고 왔으며, 의무려산 곳곳에는 몇 개의 절이 있었다.

그런데 지금은 아무것도 없다. 그저 끝없이 펼쳐진 대초원만이 있을 뿐이다.

연달아가 의아한 생각에 달리는 것을 멈추자 보장태왕도 따라서 멈추었다.

"왜 그러느냐?"

이 근처 지리에 대해서 전혀 모르는 보장태왕이 물었다.

"아무래도 여긴 668년인 것 같습니다."

"그런가?"

보장태왕은 이견을 달지 않았다. 연달아가 그렇다고 하면 그런 것이다.

더구나 보장태왕은 고구려 시절에 거의 평양성 황궁에만 있었기 때문에 바깥 세상에 대해서는 아무것도 모른다.

연달아는 들판에 서서 천천히 주위를 둘러보았다. 의무려산에서 심양은 동쪽에 있기 때문에 그는 줄곧 동쪽으로 달려가고 있는 중이다.

그는 요동욕살이던 시절에 전투와 순찰 때문에 여러 차례 이곳에 온 적이 있다.

고구려의 영토는 의무려산 너머 서쪽으로 500여 리까지 뻗어 있었다. 그곳에서 300여 리만 더 가면 베이징이다.

세 사람은 누가 그러라고 시킨 것도 아닌데 어느덧 동쪽을 바라보고 있었다.

그곳에 고구려가 있다. 아니, 있었다. 668년이면 고구려가 멸망한 해다.

지금이 12월이니까 고구려는 완전히 쓰러져서 일패도지의 상태가 되었을 것이다.

남쪽에서는 신라군이 북진했을 테고, 북쪽과 서쪽, 그리고 바다에서는 당나라군이 진군했을 터이다. 그래서 그들에 의해 고구려가 산산조각 해체되고 있는 중일 것이다.

지금 연달아가 딛고 선 이 땅 요동은 이제 빼앗긴 땅이 돼 버린 것이다.

신시(神市) 때부터 고조선, 부여, 고구려에 이르기까지 수천 년 동안 배달민족의 영토였는데 이제는 아니다. 고구려 보장태왕 대에서 끝내 당나라에게 강탈당했으며 그것이 21세기 대한민국까지 이어졌다.

이것은 조상이 얼마나 잘하느냐에 따라서 후손들의 처지가 결정된다는 하나의 좋은 예다.

고구려가 멸망하지 않았더라면 지금의 대한민국은 어마어마한 영토를 소유하고 있을 것이다.

그렇다면 고려나 조선처럼 허약해서 동네북처럼 두들겨 맞지도 않았을 것이고, 그래서 중국의 속국처럼 취급되지도 않았을 터이다.

또한 하나의 나라로 여기지도 않았던 일본의 식민지가 되는 일 따위는 절대로 벌어지지 않았을 것이다. 아니, 오히려 고구려나 그 후손들이 일본을 식민지로 삼았을지도 모르는 일이다.

그럴 가능성이 크다. 640년경부터 고구려는 정책적으로 일본을 정벌하기 위해서 많은 공을 들였다.

그리고 어쩌면 대한민국이 아니라 21세기까지도 고구려라는 이름을 계속 사용하고 있을지도 모른다.

'고구려', 얼마나 웅장하고 아름다운 국명(國名)인가. 고구려와 고려, 조선은 모두 환인천제께서 하사하신 국명이다.

그때 동쪽 초원을 망연히 바라보면서 회상에 잠겼던 연달아의 눈이 갑자기 번쩍 빛을 발했다. 그곳에서 무언가를 발견한 것이다.

대초원 저 끝자락에 개미 떼 같은 것이 보였다. 하지만 연달아의 눈에는 너무도 똑똑하게 잘 보였다.

"으드득……!"

그의 두 눈에서 이글거리는 불길이 뿜어지고 악다문 이빨에서 이 갈리는 소리가 새어 나왔다.

적어도 30㎞ 이상의 먼 거리지만, 연달아는 말을 탄 20여 명이 역시 말을 탄 300여 명에게 쫓기고 있는 광경이 바로 앞에서 벌어지는 광경처럼 생생하게 보였다.

더구나 쫓기고 있는 20여 명은 연달아로서는 절대로 잊을 수 없는 얼굴들이다.

그들은 바로 오골성의 최정예 부대인 오골철갑기병이었다. 그런데 원래 500명이던 그들이 지금은 20여 명밖에 남아 있지 않았다.

그나마도 몰골이 형편없었다. 거친 숨을 토해내는 말은 7~8필인데 말 한 필에 두세 명씩 부둥켜안은 채 타고 있고, 성한 사람이 한 명도 없었으며, 절반 이상이 심한 부상을 입은 모습이다. 그들은 서로 말에서 떨어지지 않도록 꼭 붙잡고 달리고 있었다.

오골철갑기병의 상징인 시커먼 철갑과 투구를 입은 사람은 한 명도 없었다. 모두 거지같은 몰골이었다. 한눈에 봐도 그들은 패잔병이 분명했다.

그래도 한때는 고구려군 전체의 선망의 대상이었던 오골철갑기병이 이제는 돌아갈 곳도 없이 끝없이 쫓기는 비참한 신세가 되었다.

다 찢어진 옷에 피투성이 모습으로 이를 악문 채 도망치는 그들의 모습을 발견하고 너무도 참담한 기분이 들어 연달아는 가슴이 난도질당하는 것만 같았다.

그런데 뒤쫓고 있는 300여 명은 보기만 해도 이가 갈리는 당나라 기마병이다. 그들은 쫓기고 있는 오골철갑기병과는 달리 기세등등했다. 번쩍이는 철갑과 투구를 착용하고 창칼로 무장한 모습이다.

연달아가 처음에 발견했을 때에는 쫓기는 오골철갑기병과 추격하는 당나라 기마병의 거리가 1㎞ 이상이었으나 잠깐 사이에 500여 미터로 좁혀졌다.

그때부터 당나라 기마병은 소나기처럼 마구 화살을 쏘아 대기 시작했다.

아직은 화살이 오골철갑기병 패잔병들에게 도달하지 않고 있지만 그리 오래지 않아서 화살이 그들의 머리 위로 쏟아질 것이다. 그리되면 오골철갑기병은 전멸을 당하고 말 것이다.

연달아는 자신의 부하들을 보는 순간 당연히 달려가서 도와야 한다고 생각했다. 돕지 말아야 할 이유가 없다.

"가지 마라."

그런데 그가 달려가려고 하자 보장태왕이 손으로 그의 팔을 움켜잡았다.

"왜 그러십니까? 폐하께선 저 광경이 안 보이십니까?"

"우린 21세기 사람들이다."

연달아는 그게 무슨 말인지 이해하지 못했다. 아니, 알려고 도 하지 않았고 알고 싶지도 않았다. 지금은 부하들을 구하는 것이 최우선이다.

보장태왕도 쫓기는 오골철갑기병을 보고 격해진 감정을 참느라 안간힘을 쓰는 모습이 역력했다. 그 역시 달려가서 도 와주고 싶은 마음이 굴뚝같았다.

"이곳의 일에 우리가 개입하면 미래가 크게 변할 것이다. 역사를 거스르는 일을 해서는 안 된다."

"그게 무슨 말씀입니까?"

"고구려 철갑기병들이 이곳에서 죽을 운명이라면 죽을 수 밖에 없다. 저들이 죽지 않고 살아 있음으로 인해서 미래에 저들이 퍼뜨린 후손들이 기하급수적으로 많아질 것이다. 그 것을 생각해 보았느냐?"

연달아는 거기까지는 생각하지 않았다. 그러나 보장태왕 의 말이 맞다.

현재의 21세기 대한민국에 살고 있는 국민들은 저들 오골 철갑기병 패잔병들이 이곳에서 죽은 것을 전제로 존재하는 것이다.

그런데 만약 저들 20여 명이 죽지 않고 살아서 후손을 퍼뜨 린다면, 그래서 1300여 년이 지나면 그 수가 수천, 아니, 수만

명에 이를 것이다. 그것은 곧 연달아가 저들을 살렸기 때문에
21세기 대한민국에 수만 명의 인구가 증가해 있을 것이라는
사실이다.

"그것뿐이 아니다. 역사도 바뀔 것이다. 만약 저들의 후손
중에서 대단한 인물이 출현한다면 고려나 조선의 역사가 크
게 변하고, 심할 경우에는 대한민국이 존재하지 않을지도 모
르는 일이다. 무슨 일이 벌어지리라고는 아무도 장담할 수 없
다."

연달아의 표정이 복잡하게 변했다. 그러나 그는 곧 이를 갈
면서 중얼거렸다.

"무슨 말씀을 하셔도 제 눈앞에서 부하들이 죽어가는 꼴을
보고 있을 수는 없습니다."

연달아가 달려나가자 보장태왕이 급히 불렀다.

"달아!"

"선참후계(先斬後戒)!"

연달아의 외침은 이미 5㎞ 밖에서 들려오고 있었다. '선참
후계'라는 말인즉, 적을 먼저 벤 다음에 벌은 나중에 받겠다
는 뜻이다.

믿어지지 않는 일이다. 얼마 전의 연달아였으면 30㎞의 거
리를 이처럼 빠르게 도달하지 못했을 것이다. 그는 불과 3초
남짓에 그 거리를 주파했다.

그는 92원소 중에서 보장태왕에게 20개를 주고서도 무려 72개의 원소를 운용하고 있다.

그러므로 그 능력은 가히 상상불허의 수준이다. 전지전능자에 거의 근접한 능력이라고 할 수 있다.

그는 지상에서 3미터 정도 높이 허공에 떠서 쏘아갔다. 그가 도착했을 때에는 당나라 기마병들이 일제히 발사한 수백 발의 화살이 도주하고 있는 오골철갑기병 20여 명의 머리 위로 우박처럼 쏟아져 내리고 있었다.

하지만 오골철갑기병들은 그것을 피하거나 방어할 만한 능력도 여력도 없는 상황이었다.

그저 서로를 부둥켜안은 채 사력을 다해서 도망치고 있을 뿐이다.

연달아에게 업혀 있는 을지은한이 재빨리 '벽'이라는 글씨를 허공에 써서 쏟아져 내리는 화살을 향해 날렸다.

오골철갑기병들은 자신들의 좌측에서 쏘아오고 있는 연달아와 을지은한을 아직 발견하지 못했다. 도망치기 바빠서 주위를 둘러볼 겨를이 없다.

그들은 미친 듯이 말을 몰아 도망치면서 뒤쪽 허공을 새카맣게 뒤덮은 화살을 돌아보며 다급한 표정을 지었다. 하지만 뻔히 쳐다보면서도 어찌해 볼 방법이 없었다.

포물선을 그린 화살들이 방향을 아래로 꺾더니 일제히 쏟아져 내렸다.

그러나 하강하던 화살들은 갑자기 보이지 않는 벽에 막힌 것처럼 모조리 퉁겨졌다.

연달아는 보이지 않는 벽에 부딪쳤다가 퉁겨지는 화살들을 향해 오른손을 뻗었다가 당나라 기마병들을 향해서 세차게 뿌렸다.

쒜애액!

순간 화살들이 직선으로 당나라 기마병들을 향해 매우 빠른 속도로 내리꽂혔다.

당나라 기마병들은 자신들이 발사한 화살 수백 발이 오히려 발사했을 때보다 몇 배나 빠른 속도로 되돌아오자 크게 놀라 말머리를 돌리고 이리저리 피하는 등 갑자기 우왕좌왕하느라 정신이 없다.

퍼퍼퍼퍼퍽!

빨랫줄에 널어놓은 이불의 먼지를 털려고 몽둥이로 두드리는 듯한 둔탁한 소리와 처절한 비명 소리가 몇 초에 걸쳐서 이어졌다. 자기들이 발사한 화살에 꽂혀서 고기 산적 신세가 된 것이다.

그것으로 당나라 기마병 300여 명 중에서 50여 명이 우수수 마상에서 땅으로 떨어졌다.

연달아는 달려가는 기세를 조금도 늦추지 않고 곧장 그들에게 정면으로 부딪쳐 갔다.

그에게 무기 따위는 필요없다. 갈팡질팡하고 있는 당나라 기마병들에게 덮쳐 가면서 전능을 일으키며 두 손을 이리저리 휘저었다.

사실은 손을 휘두를 필요조차 없다. 그저 전능을 발휘하면 당나라 기마병들은 누가 먼저 죽는지 시합이라도 하는 것처럼 앞다투어 거꾸러질 것이다.

하지만 연달아는 그럴 생각이 눈곱만큼도 없다. 당나라 기마병들을 그렇게 편하게 죽이는 것은 자비다.

지금 그는 너무나도 분노한 상태이기 때문에 직접 손을 휘둘러서 그들의 몸통과 목, 팔다리를 자르고 또한 내장과 피가 쏟아지는 광경을 봐야지만 분이 조금이라도 풀릴 것 같았다.

그가 기마병들에게 도달하기도 전에 번개의 창 같은 번뜩이는 전능 수십 줄기가 마구 쏟아져 나가 한꺼번에 5, 60명을 죽였다. 아니, 도살했다.

당나라 기마병들은 자신들이 왜 죽는지도 모르는 상황에서 졸지에 백여 명이 황천으로 떠났다.

그들은 여전히 전열을 가다듬지 못하고 있다. 무슨 일이 벌어지고 있는지 알아야 어떻게 반격을 하든 어디로 도망을 치든 할 수 있을 텐데 무슨 일인지도 모르는 상황이므로 자기들끼리 부딪치고 자빠지며 아비규환 속에서 아우성만 지르고 있을 뿐이다.

그때 연달아는 그들 속으로 뛰어들면서 온몸으로 전능을 뿜어내고 또 두 손을 마구 휘두르면서 핏발이 곤두선 눈으로 포효를 터뜨렸다.

"우아아—! 죽어라! 더러운 당나라 돼지새끼들아!"

당나라 기마병의 머리와 몸뚱이, 팔다리가 무수히 잘라져서 허공으로 마구 떠올랐다.

초원의 풀밭은 금세 피로 물들더니 작은 피의 시냇물이 되어 흐르고 짙은 피 냄새가 진동했다.

을지은한은 연달아를 돕지 않았다. 도울 필요가 없다. 가만히 놔두면 연달아 혼자서 불과 몇 초 만에 당나라 기마병을 깡그리 죽일 것 같았기 때문이다.

오골철갑기병들은 도망치지 않고 멀찍이 떨어진 곳에 멈춰서 그 광경을 지켜보고 있었다.

그들은 도대체 어떻게 된 영문인지 몰라서 극도로 긴장하면서도 호기심 어린 표정을 짓고 있었다.

하지만 그들은 지금 당나라 기마병들을 마구잡이로 죽이고 있는 사람이 자신들의 우두머리인 요동욕살일 것이라고는 꿈에도 상상하지 못하고 있었다.

그들 기억 속의 요동욕살은 전투 중에 전사한 것으로 각인되어 있기 때문이다.

지금 그들은 자신들의 눈을 의심하고 있다. 도대체 무엇이 300여 명의 적을 저렇게 순식간에, 그리고 한 번도 본 적이 없는 신묘한 방법으로 죽이고 있는 것인지 그들의 눈에는 보이지도 않았다.

그저 적들 한복판에서 붉고 푸르고 금빛의 번갯불들이 번뜩이는 것만 보일 뿐이다.

그러면 적들이 한꺼번에 수십 명씩 와르르 허공에 피와 잘라진 몸뚱이를 흩날리면서 죽어갔다.

그때 오골철갑기병 중에서 한 명이 부러진 환두대도를 높이 쳐들면서 말을 몰아 격전장을 향해 노도처럼 달려가며 외쳤다.

"돌격!"

그의 외침과 함께 오골철갑기병 20여 명이 일제히 말을 몰아 격전장을 향해 질주했다.

그들 태반이 중상을 입은 상태고 모두 크고 작은 부상을 입었으나 개의치 않고 우렁찬 고함을 지르며 달려갔다.

더구나 그들 중에 온전한 무기를 갖고 있는 사람은 아무도 없었다.

하나같이 부러진 환두대도 아니면 부러진 짧은 창 따위를 움켜쥐고 있을 뿐이다.

그런데도 주춤거리거나 물러서는 사람은 한 명도 없다. 누

군가 자신들을 구해주고 있으므로 목숨을 버려서라도 도와야
하고 또 보답하는 것이 고구려 사람의 본분임을 뼛속까지 알
고 있기에 모두들 잘라지고 터진 다리를 이끌고 하나뿐인 팔
을 흔들며 내장이 쏟아지는 것을 주어 담으면서 악을 쓰며 달
려들었다.

그것이 바로 자랑스러운 고구려인이며 오골철갑기병의 찬
란한 기상인 것이다.

그들은 갈피를 못 잡고 지리멸렬하고 있는 당나라 기마병
들을 외곽에서 공격했다.

그러나 싸움은 오래가지 않았다. 그들이 싸움에 뛰어들고
10초가 채 지나지 않아서 서 있는 당나라 기마병은 한 명도,
아니, 한 놈도 없었다.

그들은 저만치 수많은 시체 한가운데 우뚝 서 있는 연달아
를 쳐다보았다. 그의 모습은 눈이 부셨다. 마치 하늘에서 내
려온 천신 같았다.

연달아는 한 손으로 을지은한의 궁둥이를 받치고는 천천
히 자신의 부하들을 향해 걸어왔다.

오골철갑기병들은 점점 가까이 다가오는 연달아를 뚫어지
게 주시하다가 어느 순간 크게 놀라는 표정을 지었다.

그가 이상한 복장을 하고 또 머리를 짧게 잘랐으나 오매불
망 한시도 잊지 못하던 자신들의 우두머리 요동욕살의 얼굴

이라는 것을 알아보았다.

"어떻게 이런 일이……!"

"오오, 맙소사……!"

그들은 탄성을 터뜨리며 서로 부축하여 우르르 말에서 내려 한곳에 모였다.

이윽고 그들은 3미터 앞까지 다가와서 멈춘 연달아를 보고는 그가 요동욕살이 분명하다는 사실을 확인했다.

모두의 얼굴에 극도의 놀라움과 반가움, 그리고 불신이 범벅이 되어 떠올랐다.

그때 조금 전에 돌격 명령을 외쳤던 인물이 갈라진 허벅지에서 피를 철철 흘리면서 절룩거리며 두 걸음 앞으로 나가 조심스럽게 입을 열었다.

"욕살… 이십니까?"

연달아는 그를 보면서 안쓰러운 표정을 지었다.

"그렇다, 명림해우(明臨海遇)."

"아아……."

명림해우. 연달아의 두 명의 심복인 좌우 처려근지 중 한 명인 그는 몸을 부들부들 떨면서 초췌한 피범벅 얼굴을 일그러뜨리며 굵은 눈물을 흘렸다.

그는 한 발로 버티고 겨우 선 상태에서 뒤돌아보며 부하들에게 우렁차게 외쳤다.

"욕살이 돌아오셨다! 예를 취하라!"

명림해우와 부하들은 일제히 한쪽 무릎을 꿇고 고개를 숙이며 입을 모아 외쳤다.

"욕살을 뵈옵니다!"

"그 자리에 앉아라."

연달아는 부하들이 다쳤기 때문에 무리하게 움직이지 않게 하려고 앉으라고 명령했다.

"욕살!"

오골철갑기병들은 우뚝 서 있는 연달아를 우러러보면서 모두들 눈물을 흘렸다. 그러나 비통하거나 절망의 눈물이 아닌, 더없는 기쁨의 눈물이다.

연달아는 업고 있던 을지은한을 내려놓고 부하들의 얼굴을 한 명씩 차례차례 살펴보았다.

오골철갑기병들은 연달아와 시선이 마주칠 때마다 깊숙이 고개를 숙이고는 피폐한 얼굴에 기대와 희망의 표정을 떠올렸다.

그들에게 연달아는 신이다. 신이 귀환했으니 이제 다시 시작한다는 희망이 모두의 가슴을 용광로처럼 뜨겁게 달구고 있는 것이다.

고구려가 멸망했어도, 고구려인들이 산지사방으로 뿔뿔이 흩어졌더라도 연달아는 반드시 무엇인가를 이루어낼 사람,

아니, 신이기 때문이다. 지금까지 그가 모두에게 보여준 것들이 바로 그랬다.

그때 보장태왕이 뒤늦게 도착했다. 그는 목불인견의 끔찍한 모습으로 죽어 있는 당나라 기마병들을 보면서 착잡한 표정을 지었다.

그렇다고 연달아를 나무라지는 않았다. 그를 십분 이해하고도 남음이 있기 때문이다.

아니, 오히려 참혹하게 죽어 있는 당나라 기마병들을 보고 있자니 보장태왕은 답답하게 꽉 막혀 있던 가슴이 시원하게 뻥 뚫리는 것을 느꼈다. 그리고는 시체더미에 침이라도 뱉어주고 싶었다.

오골철갑기병들은 의아한 얼굴로 보장태왕과 을지은한을 번갈아 쳐다보았다.

하지만 두 사람이 누군지 알아보지는 못했다. 그들은 고구려의 마지막 황제인 보장태왕을 한 번도 직접 알현한 적이 없다. 하물며 하백녀의 딸은 더욱 그렇다.

그때 연달아가 공손히 보장태왕을 가리키며 부하들에게 우렁차게 외쳤다.

"예를 갖추어라! 황제 폐하이시다!"

"앗!"

"어엇?"

오골철갑기병들은 크게 놀라서 허둥거렸다. 그러나 그들은 곧 정신을 수습한 처려근지 명림해우의 구령에 맞춰서 보장태왕에게 무릎을 꿇고 이마를 땅에 대며 최고의 군신지례를 갖추었다.

그들을 굽어보는 보장태왕의 마음은 소태를 씹은 것보다 더 쓰고 착잡했다. 그러면서도 가슴 저 밑바닥에서 울컥하고 뜨거운 것이 솟구쳤다.

고구려는 멸망했으나 지금 여기에 서 있는 보장태왕은 668년 당시의 보장태왕이 아니다. 20세기 대한민국에 환생한 연속환생자 고장일 뿐이다.

그러나 고구려 멸망 당시를 생생하게 기억하고 있는 그로서는 그 책임에서 절대로 자유로울 수가 없다.

"일어나라."

보장태왕은 그 한마디를 남기고 휙 몸을 돌려 저만치 걸어가서 먼 하늘을 바라보며 섰다. 이후 그는 한 번도 뒤돌아보지 않았다.

그가 혼자서 이를 악물고 눈물을 흘리고 있다는 사실을 아는 사람은 아무도 없었다.

보장태왕의 눈물은 그냥 눈물이 아니다. 그것은 고구려의 눈물이다.

오골철갑기병들은 연달아에게 궁금한 것이 너무나 많았

다. 하지만 아무도 입을 열어 묻지 않았다. 상관이 먼저 말해주기 전에는 아무것도 묻지 않는다는 것이 지엄한 군율이기 때문이다.

연달아는 한참 동안이나 우두커니 서 있다가 손짓으로 부하들을 모두 앉게 했다.

그리고는 두 손을 들어 올려 손바닥을 펴서 그들의 머리 위를 향하게 했다.

사아아.

그러자 그의 두 손에서 무지개 같은 영롱한 기체가 안개처럼 흘러내려 놀란 표정을 짓고 있는 부하들에게 골고루 흩뿌려졌다.

부하들은 놀라서 술렁거렸다. 무지개 같은 기체가 자신들에게 뿌려진 직후에 상처가 감쪽같이 나았기 때문이다. 절대로 소생할 수 없을 정도의 중상은 물론 가벼운 상처까지도 모조리 거짓말처럼 나아버렸다.

그뿐이 아니다. 팔다리가 잘라져서 아예 없어진 부분에서 새로운 팔다리가 솟아났다.

잘려진 부위에서 꾸물꾸물 새 팔다리가 나오더니 어느새 원래의 튼튼한 모습을 갖추었다.

그들은 귀신에 홀린 듯한 표정을 지으며 서로를 보면서 웅성거렸다.

"조용히 하라."

그러나 연달아의 한마디에 부하들은 숨소리마저도 죽이고 그를 주시했다.

연달아는 할 수만 있다면 부하들을 모두 21세기 대한민국으로 데려가고 싶었다.

그러나 그것은 절대로 안 될 일이다. 당나라 기마병에게 죽어야 할 운명일 이들을 살린 것만으로도 이미 운명을 크게 거슬렀다.

그런데 이들을 21세기 대한민국으로 데려가기까지 한다면 그야말로 역사가 꽈배기처럼 뒤틀리고 말 것이다. 차마 그렇게까지는 연달아도 할 수가 없다.

"나는 죽지 않았었다. 그리고 지금으로부터 1344년 후인 미래로 갔다."

연달아의 말이라면 아리수(阿利水:압록강)가 거꾸로 흐른다고 해도 믿는 오골철갑기병들이지만 놀란 얼굴로 그를 쳐다보았다.

그러나 그의 말을 믿지 못해서가 아니라 그가 1344년이나 먼 미래로 갔다는 엄청난 사실 때문에 놀란 것이다. 어떻게 그럴 수가 있는지 이해하지 못했다.

그때부터 연달아는 그동안 자기에게 일어났던 일들을 간략하고도 솔직하게 차근차근 모두 설명해 주었다.

또한 우주 물질과 런너라는 것에 대해서도 알아듣기 쉽게 설명하는 것을 잊지 않았다.

그가 미래로 갔다는 사실을 납득시키려면 우주 물질과 런너를 설명하지 않고는 어렵기 때문이다.

오골철갑기병들은 경악하고 또 경악했다. 연달아의 말은 액면 그대로 모두 믿지만, 과연 그런 일이 일어날 수 있는지 상식적으로 이해가 되지 않았다.

하지만 연달아의 설명은 지금으로부터 1344년 후 미래에서 일어난 일이다.

그런데 그것을 1344년 전인 지금 이해한다는 것 자체가 어불성설이다.

그때 을지은한이 그들의 이해를 돕기 위해서 조용한 목소리로 입을 열었다.

"그 시대에는 비행기라는 거대한 쇳덩이가 수백 명의 사람을 태우고 지상에서 까마득한 하늘에 떠서 수만 리나 멀리 떨어진 곳까지 한나절 만에 이동해요."

오골철갑기병들이 눈을 휘둥그렇게 떴다. 그런 광경을 아무리 상상을 해보려고 해도 상상하는 것조차도 뜻대로 되지 않을 정도로 허무맹랑한 얘기다.

"그리고 사람이 우주선이라는 기계를 타고 달에도 가고, 핵폭탄이라는 한 발의 폭탄으로 한꺼번에 수십만 명을 죽일 수도 있으며, 인공위성이라는 기계는 지상에서 수십만 리 높은 하늘에 떠서 각 나라의 사람들 밥상에 어떤 반찬이 올라왔는지도 낱낱이 살펴볼 수가 있고, 또 그 장면을 생생하게 기록해서 보관할 수도 있어요."

"모두 사실이다."

오골철갑기병들이 말도 되지 않는다는 표정을 짓자 연달아가 고개를 끄덕이며 거들었다.

"그런 세상이기 때문에 여러분이 욕살의 말을 이해하는 것이 어려울 거예요. 하지만 믿어야 해요."

을지은한의 설명은 큰 도움이 되었다. 사람이 달에도 가고, 폭탄 하나로 수십만 명을 죽일 수도 있으며, 쇳덩이에 수백 명의 사람을 태우고 하늘을 날아서 한나절 만에 수만 리 먼 곳까지도 간다는데, 그렇다면 연달아가 설명한 일도 가능할 것이라고 생각했다.

"욕살."

부하는 상관에게 질문이 허용되지 않지만, 지금은 상황이 상황인지라 처려근지 명림해우가 모두를 대표하여 용기를 내서 입을 열었다.

"욕살께선 거기에서 무엇을 하십니까?"

모두들 뚫어지게 연달아를 주시했다. 그들은 그것이 정말로 궁금했다.

연달아는 엄숙한 표정으로 조용히 말했다.

"나는, 아니, 우리는 21세기에 고구려 대제국을 세우려 하고 있다."

그 말에 모두의 얼굴 가득 환한 표정이 떠올랐다. 단순한 사람들이다. 자신들하고는 상관이 없는 1344년 후 까마득한 미래에 고구려 대제국을 세운다는 말에 어린아이처럼 기뻐하고 있다.

그런 점에서는 연달아도 별반 다르지 않았다. 그는 부하들과 똑같은 마음이 되어 다물의 계획에 대해서 설명해 주었다. 오골철갑기병들은 이곳을 떠날 수 없지만 그들은 설명을 들을 만한 충분한 자격이 있다.

그는 설명을 끝내고 덧붙였다.

"조만간 우리는 당나라, 즉 중국을 공격할 것이다. 그리고 기필코 놈들을 궤멸시켜서 잃어버린 고토를 되찾아 그 위에 고구려 대제국을 세우고 말 것이다."

"아아……."

오골철갑기병들 입에서 탄성이 흘러나왔다. 말로만 들어도 너무나 감격스러운 일이다.

'고구려 대제국'이라는 이름만 들어도 가슴이 뜨거워지고 눈물이 솟구쳐서 도무지 멈추지 않았다.

이들은 진정한 고구려인이며 고구려의 최정예 오골철갑기

병이기 때문이다.

그들은 자세를 갖추고 옷매무새를 단정히 하더니 연달아를 향해 무릎을 꿇고 군신지례를 갖추었다. 군신지례는 오로지 황제에게만 하는 예이지만 그들은 개의치 않고 연달아에게 올렸다.

그리고는 명림해우가 모두를 대표하여 울먹이면서, 그러나 웅혼한 목소리로 축복하듯이 말했다.

"욕살! 부디 그곳에서 고구려 대제국을 세우시기를 간절히 기원하겠습니다!"

그들은 자신들이 연달아가 있는 곳에 함께 가지 못한다는 사실을 직감했다.

만약 그들이 그곳에 갈 수 있다면 연달아가 저토록 어두운 표정을 짓고 있지 않을 것이다.

연달아는 그들에게 한 걸음 더 다가갔다.

"일어나라. 너희를 한 사람씩 안아보고 싶다."

그의 나직한 목소리에서는 욕살로서가 아닌 동료의 정이 뚝뚝 묻어났다.

그는 오골철갑기병 스물한 명을 차례로 안았다. 영원히 그들을 잊지 않으려고 품속에 깊이 안았다가 놓아주었다.

아까 치료를 해주면서 그들에게 약간씩의 전능을 주입했으므로 그들은 이후 놀라운 삶을 살게 될 것이다. 그리고 그

능력은 사라지지 않고 후손들 중 한 명에게 맥맥이 이어지게
되리라.

연달아의 품에 안기는 부하들은 모두 울었다. 평생 한 번도
울지 않았던 사람이라고 해도 이 자리에서는 울었다. 그리고
큰 소리를 내서 곡을 하듯이 펑펑 우는 사람도 있었다. 하지
만 아무도 흉보지 않았다.

연달아는 울지 않았다. 눈물을 흘리지 않으려고 어금니를
악물고 참으며 마지막 처려근지 명립해우마저 깊게 포옹을
하고 떨어졌다.

그런데 그때 그의 의지하고는 상관없이 두 줄기 굵은 눈물
이 주르르 뺨을 타고 흘러내렸다.

그도 울고 을지은한도 울고 오골철갑기병들도 모두 울었
다.

그러나 이들은 알고 있다, 이것은 눈물이 아니라는 사실을.
이것은 충성심이고 우정이다. 그것을 눈물로써 보여주고 있
을 뿐이다.

"옥체 보중하소서—!"

스물한 명의 오골철갑기병들이 일제히 부복하면서 외쳤
다. 그 외침이 668년 고구려 한겨울 요동의 메마른 하늘로 멀
리 퍼져 나갔다.

연달아는 그들을 굽어보다가 나직하면서도 묵직한 목소리

로 중얼거렸다.

"오골철갑기병은."

엎드려 있던 부하들은 상체를 꼿꼿이 세우고 오른 주먹으로 가슴을 힘차게 두드리며 입을 모아 외쳤다.

"무적이다! 우어!"

연달아는 홱 몸을 돌려 보장태왕에게 걸어갔다.

그가 지나치면서 힐끗 쳐다보니 보장태왕의 얼굴이 핏빛이었다.

그의 눈에서 흐르고 있는 것은 피눈물이었다. 고구려가 흘리는 피눈물이다.

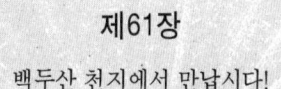

제61장

백두산 천지에서 만납시다!

R U N N E R
런너

　보장태왕은 단군의 유물을 갖고 혼자서 워프를 하여 80일
만에 21세기 대한민국 서울로 돌아갔다.

　연달아는 을지은한을 데리고 워프하여 21세기 중국의 심
양 기차역으로 이동했다.

　어제 심양역은 한 번 가봤던 곳이므로 워프를 하는 것이 어
렵지 않았다.

　다물의 북한팀과 만나기로 한 최종 약속 장소는 요령성의
단동역이다.

　그곳은 압록강 하구에 위치해 있으며 북한의 신의주와 마

주 보고 있다고 한다.

단동의 고구려 이름은 안동(安東)이었다. 예전에는 오골성에서 동남쪽으로 40㎞ 정도만 가면 바로 안동이었다.

단동역에서 다물 북한팀과 만나기로 한 시간이 내일 저녁 6시이기 때문에 서둘 필요는 없다.

그래서 연달아는 지리도 제대로 모르면서 무리하게 워프를 하느니 심양에서 늦은 심야 기차를 타고 느긋하게 가기로 마음먹었다.

연달아와 을지은한은 동이 트기 전인 새벽 4시쯤에 단동에 도착했다.

열차를 계속 타고 가면 압록강 하구에 건설된 조중우의교를 지나 신의주까지 간다고 하는데, 연달아는 그럴 필요를 느끼지 못했다.

기차에서 내린 두 사람은 요기라도 하려고 온통 흰색 타일로 뒤덮인 단동역사를 나섰다.

두 사람은 나란히 역 광장을 걸어가면서 마땅한 식당을 찾으려고 주위를 둘러보았다.

아니, 을지은한은 두 팔로 연달아의 팔을 가슴에 꼭 끌어안은 채 어깨에 고개를 기대고 마냥 행복한 표정으로 그가 이끄는 대로 따라가느라 주위를 전혀 살피지 않았다.

연달아는 이리저리 두리번거리고 있지만 그의 눈에는 식당의 모습 같은 것은 들어오지 않았다.

이곳 단동, 아니, 안동은 그가 안방처럼 수없이 들락거렸던 곳이다.

이곳에서 북쪽으로 30㎞쯤 가면 압록강 변에 수나라와 당나라의 공격을 방어하기 위해서 축조된 박작성(泊灼城)이 있다.

박작성은 오골성 휘하의 중성(中城)에 속해 있었으므로 연달아는 수시로 박작성에 순찰을 왔었다.

지금 연달아가 걷고 있는 곳은 예전에는 아무것도 없는 허허벌판 초원이었다. 집도 논밭도 없는 아무도 살지 않는 곳이었다.

그때 두 사람 뒤에서 조용한 여자의 목소리가 들렸다.

"오라방."

목소리를 듣는 순간 연달아는 의외라는 표정을 지었다. 불쑥 들려온 목소리의 주인이 누구라는 것을 듣는 즉시 알아차렸기 때문이다.

걸음을 멈추고 돌아보니 과연 그의 짐작이 맞았다. 검정색 두툼한 파카를 입고 파카에 달린 모자까지 뒤집어쓴 서양순이 연달아를 보면서 수줍게 미소 지으며 종종걸음으로 다가오고 있었다.

가까이 다가온 서양순의 두 뺨이 빨간 이유는 단동의 겨울 날씨가 매섭기 때문만은 아니다.

서양순은 연달아의 배려로 다물의 부요원이 됐다. 그래서 경기도 양평에 근사한 빌라도 생겼으며, 그곳에서 엄마와 남동생이 살고 있다.

그녀가 다물 부요원으로서 받게 되는 월급은 북한에서 일 년 동안 받았던 월급을 합친 것보다 자그마치 스무 배 이상이나 많다는 말을 들었다.

아직 월급을 한 번도 받아보지 않았으나 급여액이 얼마라는 사실을 알고는 기절하는 줄 알았었다.

그녀는 자기가 없더라도 월급을 엄마의 통장으로 자동 입금되도록 해두었다.

그녀는 이제 아무런 걱정이 없다. 대한민국에서 배불리 먹고 아무 걱정 없이 사는 것이 정말 꿈만 같을 뿐이다.

그리고 자기 가족에게 주어진 이 모든 것이 연달아의 은혜라는 것을 알고 있다. 그래서 엄마는 그녀에게 연달아를 하느님처럼 받들어 모시라고 귀가 닳도록 얘기하고 또 얘기했다.

"양순아, 네가 웬일이냐?"

"윗사람이 오라방을 돕지 않겠느냐고 하기에 냉큼 그러마고 했습니다."

연달아의 물음에 서양순은 수줍은 듯 표준말을 쓰려고 애쓰면서 대답했다.

표준말이라고 해봐야 간간이 함경도 사투리가 섞인 평양 말에 가깝다. 북한에서는 평양 말이 표준말이다.

"조선민주주의… 아니, 북한 내의 지리와 사정은 제가 누구보다 잘 알지 않겠슴까? 그래서리 제가 오라방 길라잡이 하겠담서 왔슴다."

서양순은 한껏 고조된 표정으로 자기가 얼마나 필요한 존재인지를 열심히 설명했다.

"그래, 잘 왔다."

연달아는 다물 북한팀을 만나면 어련히 잘 알아서 할까 생각하면서도 일껏 여기까지 와준 서양순을 책망하기보다는 잘 왔다고 칭찬해 주었다.

"뭐 잡숴야 하갔지요?"

서양순이 맑은 눈으로 연달아를 바라보며 물었다.

"그래."

그녀는 역 광장의 한쪽을 가리켰다.

"조… 기에 썩 괜찮은 식당을 물색해 두었습니다. 무슨 뼉다구를 넣은 국에 이팝(쌀밥)을 주는데 드시겠슴매?"

"가자."

서양순이 안내한 식당은 조선족이 운영하는 곳이었다. 단동에는 일제 식민지 시대 때 이주해 온 조선 사람들의 후손이 많이 살고 있다.

식당 주인아주머니나 종업원 모두 서양순하고 비슷한 사투리를 썼는데 그녀는 고향 사람을 만난 것처럼 즐겁게 조잘거렸다.

여행이라도 온 것 같은 그런 그녀의 모습에서는 얼마 전 마카오에서 봤던 김정남 암살팀 저격수의 냉혹한 모습 같은 것은 조금도 찾아볼 수가 없었다.

식당에서 파는 음식은 대한민국에서 '감자탕', 혹은 '뼈다귀해장국'이라고 하는 것과 비슷했는데, 이 식당에서 나온 '따로국밥'이라는 것은 정말 푸짐했다.

같은 국이고 밥이라고 해도 지역마다 많이 다른 법이다. 그런데 연달아에게는 이 식당의 밥이며 국, 반찬 같은 것들이 딱 입에 맞았다. 아마도 주인아주머니가 함경도 사람이기 때문일 것이다.

밥을 다 먹고 나니까 주인아주머니가 입가심을 하라고 강냉이차(옥수수차)를 내왔다.

그 옛날 고구려에서도, 그리고 요동에서는 추운 겨울에는 기장을 푹 삶아 우려낸 물을 차로 마시곤 했다. 신기하게도 기장차 한 잔이면 추위가 싹 가셨더랬다. 그렇다. 고구려는 사라진 것이 아니다. 이런 강냉이차 한 잔에도 고구려의 정취가 고스란히 남아 있지 않은가.

조금 전에 먹은 '따로국밥'이나 '강냉이차' 덕분에 연달아와 을지은한은 고향 생각이 절로 나서 두 손으로 강냉이차가든 사발을 꼭 쥐고 한동안 말없이 입으로 후후 불면서 마시기만 했다.

"오라방, 호산장성(虎山長城)에 가보시겠슴까?"

식당에서 나오자 서양순이 해맑끔한 얼굴로 물었다. 그녀는 연달아를 위해서 준비를 많이 해둔 것 같았다.

밥을 먹고 나왔는데도 아직 동이 트지 않아서 연달아는 웬만하면 그녀가 말하는 곳에 가리라고 생각했다. 하지만 호산장성이라는 것은 처음 듣는 곳이다.

"호산장성이 무엇이냐?"

고구려 시대의 성(城)이라면 하나도 빠짐없이 알고 있는 그이지만 호산장성은 아무래도 고구려 이후에 세워졌는지 모르겠다고 생각했다.

서양순은 자기에게 설명할 기회가 주어진 것이 자랑스럽다는 듯 종알거리며 설명했다.

"요기서 상류 쪽 압록강변에 있는 산성인데 중국의 만리장성의 동쪽 시작이라고 함다. 오라방께서 보시면 마음에 쏙 드실 겁니다. 옛날 생각도 나고요."

"만리장성?"

연달아는 의아한 표정을 지었다.

"장성을 말하는 것이냐?"

"그렇씀다. 옛날에는 장성이라고 불렀다고 함다."

연달아는 조금 역정이 났다.

"장성의 동쪽 시발점은 요동의 끝 요서(遼西)의 산해관(山海關)이거늘 어째서 압록강변이라는 것이냐?"

연달아의 목소리에 한기가 서려 있자 서양순은 찔끔해서 목을 움츠렸다.

"그거이… 저는 고저 배운 대로만… 말씀드린 거우다."

그녀는 그저께 대한민국의 여권을 갖고 이곳에 와서 연달아를 위해 준비하는 과정에서 단동의 지리와 역사에 대해서 급히 배운 것을 설명했을 뿐이다.

연달아는 주먹을 꽉 움켜쥐고 노한 얼굴로 중얼거렸다.

"호산장성이라니, 중국 돼지 놈들이 도대체 무슨 수작을 꾸미고 있는 게냐?"

"저는 암것두 모릅니다. 저는 그냥……."

당황한 서양순은 눈물을 글썽거렸다. 그녀는 자기가 무엇을 잘못했는지도 모른다.

그저 연달아가 화를 내니까 가슴이 떨리고 두려울 뿐이다. 예전의 그녀는 옆에 벼락이 떨어져도 눈 하나 까딱하지 않는 여장부였다.

연달아는 호산장성이 생긴 것이 서양순의 잘못이 아니라는 것을 알고 있다. 하지만 기분이 나빠져서 그녀를 달래줄 생각이 들지 않았다.

그가 알고 있는 중국의 장성이란, 전국시대의 조(趙)나라와 연(燕)나라 등이 군데군데 쌓았던 것을 진(秦)의 시황제(始皇帝)가 흉노의 침략에 대비하여 크게 증축한 것이다. 그때부터 '장성'이라는 이름으로 불렸다. 그리고 장성의 동쪽 끝은 분명히 요서의 산해관부터였다.

고구려의 영토가 산해관 너머 700리까지였기 때문에 연달아가 그것을 모를 리가 없는 것이다. 그런데 장성의 동쪽 끝이 압록강변이라니 열흘 삶은 호박에 이빨도 들어가지 않을 헛소리다.

"가보자. 안내해라."

연달아의 냉랭한 말에 서양순은 큰 죄인이라도 된 듯 어깨를 움츠리고 눈물을 글썽이며 앞장섰다.

단동역에서 택시를 타고 조중우의교 앞으로 갔다. 택시는 서양순이 미리 대절해 놓았다.

그녀는 연달아를 위해서 준비를 많이 해두었다. 그러나 연달아는 그런 것들이 추호도 마음에 들어오지 않았다.

압록강 최하류인 강변에는 두 개의 다리가 놓여 있는데 그 중에 다리 하나가 중간에서 끊어져 있었다.

한국전쟁 당시에 중국군, 그러니까 중공군의 참전을 방해 하기 위해서 미 공군의 폭격으로 끊어져서 그때부터 단교(斷橋)라고 불리는 다리다.

단교 앞에는 무기를 들고 앞으로 전진하고 있는 수십 명 중 공군의 동상이 세워져 있는데, 이른바 중공군의 6. 25 참전 기 념 동상이다.

하지만 연달아는 입을 꾹 다문 채 단교와 동상에 대해서 아 무것도 묻지 않았다.

그의 머릿속에는 호산장성이라는 것과 잃어버린 고구려의 옛 영토에 대한 생각으로 가득했다.

택시는 단교에서 압록강 상류로 30㎞쯤 가서 연달아 일행 을 내려주었다.

택시를 타고 오는 동안 연달아는 한마디도 하지 않았고 또 한 얼굴이 점점 더 굳어지더니 나중에 택시에서 내릴 때에는 일그러져 있었다.

그는 택시에서 내려서 몇 걸음 걸어가다가 정면에 있는 야 트막한 야산 위의 산성을 쳐다보며 멈춰 섰다.

서양순은 택시기사에게 기다리라고 말하고는 급히 연달아

를 따라갔다.

"여보."

을지은한은 연달아 옆에 서서 그의 팔을 잡고 야산 위의 산성을 보면서 가늘게 몸을 떨었다.

그녀의 얼굴에는 귀신이라도 본 것처럼 두려워하는 표정이 가득 떠올랐다.

그녀는 이곳에 와본 적이 없다. 그러나 하백녀의 딸이었기 때문에 고구려의 역사나 지리에 대해서는 대학사에 뒤지지 않을 만큼 열심히 공부했다.

그래서 연달아가 성주로 있었던 오골성은 물론이고 이곳 소위 '호산장성'이라는 곳에 대해서도 너무나 잘 알고 있다. 하지만 이곳은 절대 '호산장성' 따위가 아니었다. 그녀가 배운 바로는 그랬다.

아까는 연달아가 왜 화를 내는지 알지 못했으나 이제는 그녀도 알게 됐다. 그래서 그의 심정을 십분 이해하고도 남음이 있었다.

이곳은 고구려의 그 유명한 박작성인 것이다. 수나라와 당나라의 침공을 막기 위한 고구려의 최후의 보루였던 박작성이 분명했다.

이곳이 무너지면 적군이 압록강을 건너 물밀 듯이 쏟아져 들어오기 때문에 고구려가 결사적으로 항전하던 바로 그 박작성이 맞았다.

서양순은 연달아의 뒤에 서서 조마조마한 심정으로 기다렸다. 그가 화를 내는 것이 너무 겁이 나서 그에게 올라가 보자는 말도 꺼내지 못했다.

결국 연달아는 박작성에 올라가지 않았다. 막상 올라가 보면 부아가 치밀어서 무슨 짓을 저지를지 감당이 되지 않을 것 같았다.

"가자."

그는 한마디 던진 후에 다시 택시에 올라서 꼼짝도 하지 않았다.

다시 단동의 단교 앞에 도착하니까 아침 9시쯤 됐다. 다물 북한팀하고의 약속은 저녁이기 때문에 아직도 시간이 많이 남은 상태다.

연달아는 택시를 세우고 단교 앞에서 내렸다. 다물 북한팀에게는 약속 시간에 이곳으로 오라고 해서 만나면 될 것이라고 생각했다.

지금은 여기저기 움직이고 싶지 않았다. 모든 게 귀찮았다. 그리고 속에서는 천불이 끓어올랐다.

그는 쉽게 화를 내는 사람이 아닌데 단동에 와서 보고 들은 것들 때문에 자꾸만 화가 났다. 그는 21세기에 있어도 철저히 고구려 사람이다. 그래서 고구려에 해가 되거나 욕을 하면 화가 치솟았다.

그는 단교 앞에서 한참 동안이나 서 있다가, 또는 이리저리 서성이며 아무런 생각 없이 북한 쪽을 쳐다보았다.

그런데 그때 시내 쪽에서 커다란 대형 버스가 한 대 도착하더니 수십 명의 관광객을 토해냈다.

그들은 서로 즐겁게 대화를 나누면서 단교 앞으로 몰려와 사진 촬영을 하는 등 법석을 떨었다.

그런데 그들의 대화를 들어보니까 한국어를 하고 있었다. 더구나 서울 말씨다. 그들은 한국 관광객이었다.

그들은 단교 앞에 모여서 한동안 숙연한 표정으로 북한 땅을 바라보았다.

그들 중에 몇몇 사람이 눈물을 흘리거나 글썽거리며 손수건을 꺼내 들었다.

잠시 후에 그들을 인솔하는 가이드가 한국 관광객들을 유람선 선착장으로 안내했다.

줄곧 연달아의 표정을 살피고 있던 서양순은 조심스럽게 그에게 물었다.

"오라방, 유람선 함 타보겠슴등? 북조선 가까이 간다고 앙이함매?"

연달아가 고개를 끄덕이자 서양순은 용서를 받은 듯 밝은

표정을 지으며 황급히 가이드에게 달려가서 얼마간의 돈을
건네주었다.

울긋불긋하게 채색한 유람선이 도도히 흐르는 압록강 물
살을 가르며 북한 쪽으로 서서히 다가갔다.

그런데 유람선이 북한 쪽에 가까워질수록 관광객들의 표
정이 일그러졌다.

북한 쪽 강가에는 배라고도 부를 수 없는, 여기저기 깨지고
박살 난 조각배 몇 척이 주인도 없는 듯 물결을 따라서 흔들
리고 있었다.

강변에는 누가 봐도 선전용이라는 것을 한눈에 알 수 있을
듯한 그럴싸한 몇 채의 건물과 어린이 놀이터 같은 것이 늘어
서 있었다.

그런데 놀이터에 아이들은 한 명도 보이지 않고 총을 든 몇
명의 군인들만 지키고 있어서 바보가 아닌 이상 그것들이 북
한의 관리들에 의해서 엄격하게 관리되고 있음을 한눈에 알
수 있다.

관광객들은 누가 시키지도 않았는데 서글픈 표정으로 고
개를 돌려 뒤돌아보았다.

강 건너 단동 강변에는 2, 30층짜리 고층 아파트들과 건물
들이 즐비하게 늘어서 있어서 깡촌 마을의 모습을 하고 있는

북한과 완전히 극과 극의 풍경을 만들어내고 있었다. 그런 극적인 대비가 관광객들을 슬프게 만들었다.

유람선을 돌려서 다시 단동 쪽으로 오면서 조선족 가이드가 연변에 대해서 자세히 설명을 해주었다.

그의 말에 의하면 1992년에 대한민국과 중국이 수교를 한 이후부터 연변 일대의 많은 사람들이 잘사는 나라 한국으로 돈을 벌기 위해서 떠났다고 한다.

연변 주정부 통계에 따르면, 1992년부터 2011년까지 한국에 다녀온 조선족의 수는 250만 명에 이른다고 한다.

또한 그들이 한국에서 벌어들인 외화는 해마다 무려 30억 달러에 달해서 연변 주 전체 GDP(국내총생산)의 35%에 달한다고 했다.

그 덕분에 연변 주는 중국 내에서도 손꼽히는 부유한 자치지역이 될 수 있었다고 한다.

유람선이 선착장으로 향하고 있을 때 가이드가 구성진 노래 한 곡을 불렀다.

백두에서 한라로 우린 하나의 겨레.
헤어져서 얼마나 눈물 또한 얼마였던가.
잘 있으라 다시 만나요. 잘 가시라 다시 만나요.
목 메여 소리칩니다. 안녕히 다시 만나요.

부모형제 애타게 서로 찾고 부르며,
통일아 오너라 불러 또한 몇 해였던가.
잘 있으라 다시 만나요, 잘 가시라 다시 만나요
목 메여 소리칩니다. 안녕히 다시 만나요.
꿈과 같이 만났다가 우리 서로 헤어져 가도,
해와 별이 찬란한 통일의 그날 우리 다시 만납시다.
잘 있으라 다시 만나요, 잘 가시라 다시 만나요
목 메여 소리칩니다. 안녕히 다시 만나요.

유람선의 거의 모든 사람들이 눈물을 흘렸고, 마음 여린 가이드도 돌아서서 훌쩍훌쩍 울었다.

을지은한도 울고 서양순도 울었다. 다른 시대를 산 두 여자이지만 지금은 같은 마음으로 울고 있다. 분단된 조국 앞에서는 과거도 미래도 없는 듯했다.

그때 가이드가 갑자기 사람들을 향해 돌아서서 울음 섞인 목소리로 크게 소리쳤다.

"다시는 단동에 오지 마십시오!"

다들 어리둥절한 얼굴로 쳐다보자 그는 더 울면서 큰 소리로 외쳤다.

"통일이 되면 북한을 통해서 백두산으로 오십시오! 그때 우리 백두산 꼭대기 천지에서 다시 만납시다!"

그리고는 그는 두 손으로 얼굴을 가리고 엉엉 큰 소리를 내면서 울었다.

관광객들도 덩달아서 감정이 고조되어 울음을 터뜨렸다. 그렇게 유람선 안은 온통 울음바다가 되었다.

연달아는 굳은 얼굴로 북한 쪽을 뚫어지게 주시하면서 속으로 중얼거렸다.

'곧 그렇게 될 것이오, 곧!'

다물 북한팀 정요원 용걸태(庸杰太)는 조상 대대로 평안북도에서 살아온 북한 토박이다.

그는 북한과 연변 지방을 업무상 몇 차례 오간 적이 있을 뿐이지 다른 나라는 물론이고 대한민국에는 한 번도 간 적이 없다.

그런데도 그가 다물의 정요원이 됐다는 것을 보면 다물이 얼마나 그를 신임하는지 충분히 짐작할 수가 있다.

다물 북한팀에는 팀장 이하 정요원 다섯 명이 있으며 용걸태는 그중 한 명이다. 그리고 순수 북한 토박이는 용걸태뿐이라고 한다.

3대의 중국산 트럭이 압록강에 가로질러 있는 조중우의교를 건너서 북한 쪽으로 향했다. 트럭 화물칸은 뒤쪽에 문이 달린 견고한 박스형이다.

선두 트럭 운전석에는 용걸태가 운전을 하고 그 옆에 을지은한, 그리고 조수석에 연달아가 탔다. 서양순은 두 번째 트럭에 타고 있다.

용걸태는 연달아와 을지은한의 옷차림을 조금 허름한 것으로 바꾸어주었다.

그리고 자신의 이름을 소개하고 또 되도록 말을 하지 말라고 부탁한 것 외에는 별다른 말을 하지 않았다.

세 대의 트럭은 다리 건너 북한 측 검문소에서 정지했다. 그리고 두 명의 무장한 북한군이 선두 트럭 운전석과 조수석으로 나누어 다가왔다.

용걸태는 조수석 쪽으로 다가오는 북한군을 힐끗 보더니 재빨리 품속에서 증명서 한 장을 꺼내 운전석으로 다가온 북한군에게 내밀었다.

"수고하십네다."

증명서에는 단동에서 싣고 오는 물건의 품목과 트럭에 탑승한 인원수와 이름 등이 자세히 적혀 있다. 보위부에서 발행한 증명서만 있으면 문제될 것이 없다.

그런데도 용걸태는 운전석 뒤에서 묵직한 상자 하나를 꺼내 슬쩍 북한군에게 건네주었다.

북한군은 놀라지도 않고 당연하다는 듯 상자를 받더니 그 자리에서 열어보았다. 안에는 담배 다섯 보루와 중국산 술 다섯 개가 들어 있었다.

물건을 확인한 북한군의 얼굴에 기쁨이 가득하고 입이 찢어지듯 귀에 걸렸다.

물론 3대의 트럭은 그것으로 무사통과다. 북한 전역이 뇌물만 주면 못하는 것이 없다고 하더니 국경 초소도 마찬가지였다. 용걸태는 다시 트럭을 몰아 유유히 신의주 시내로 들어갔다.

용걸태는 신의주 시내로 들어가다가 좌회전하여 그때부터 사뭇 곧장 달려갔다.

이윽고 20분쯤 후에 트럭이 들어선 곳은 신의주시 신도동이라는 외곽 지역이다.

연달아는 어느 낡은 벽면에 신도동청년동맹회의소 어쩌고 하며 붉은 글씨로 쓰여 있는 것을 보고 이곳이 신도동이라는 것을 알았다.

"저기가 위화도입니다, 이성계가 회군을 했던."

용걸태가 오랜만에 입을 열었다. 그는 왼손으로 도로 앞쪽의 다리를 가리키며 말했다.

연달아가 쳐다보니 다리 너머는 드넓은 초원지대로 건물은 거의 없으며 드문드문 다 낡은 집이 몇 채 보일 뿐이다. 과연 저런 곳에 사람이 살고 있을까 의문이 들 정도로 낡은 집이었다.

연달아가 별 반응이 없자 용결태는 머쓱한 표정을 짓고 입을 다물었다.

세 대의 트럭은 큰길을 벗어나 우회전했다. 그곳에는 두 사람이 커다란 철문을 양쪽으로 활짝 열어놓고 기다리고 있는데, 트럭들은 철문 안으로 미끄러져 들어갔다.

"내리십시오."

용결태와 연달아, 을지은한이 내리자 기다리고 있던 중년인이 트럭에 올라 운전을 했다. 3대의 트럭을 넓은 마당 한쪽에 나란히 주차했다.

그리고는 그 즉시 10여 명의 사내가 트럭 뒷문을 열고 잘 포장된 상자들을 내려 줄줄이 창고인 듯한 건물 안으로 들어갔다.

용결태는 연달아를 비교적 깨끗해 보이는 건물로 정중히 안내하면서 설명해 주었다.

"싣고 온 물건은 북한에서 절대로 부족한 의약품입니다. 대한민국에서는 오래전에 멸절된 결핵이 북한에는 만연해 있는 상황입니다. 결핵으로 해마다 수십만 명이 죽어나가고 있습니다."

이층 계단을 오르며 용결태의 설명이 계속됐다.

"결핵에 걸리는 주원인은 영양실조입니다. 특히 어린아이

들은 무방비 상태로 결핵에 노출되어 있습니다. 어른들은 어떻게든 제 먹을 것을 찾아 먹는데 아이들은 그렇지 못한 실정이거든요."

그는 분노하지 않으려고 애쓰면서 설명을 하고 있었다. 그는 현재 북한의 실상에 정말로 가슴 아파하는 극소수 중 한 명이었다.

"북한에는 너무 배가 고파서 자기 자식을 잡아먹거나 아이를 솥에 삶아서 분해하여 장마당에 내다 파는 부모도 더러 있습니다."

2층 어느 깨끗한 방으로 들어서며 용걸태는 비참한 북한 실정의 설명을 끝맺었다.

"대한민국에서는 흔한 결핵약 스트렙토마이신이 북한에서는 워낙 귀해서 구경조차 하지 못합니다. 아까 그 물건들은 다물에서 보낸 스트렙토마이신입니다."

이곳으로 오는 내내 굳게 입을 다물고 있던 용걸태는 북한의 실상에 대해서 말문을 열고는 너무 할 말이 많은 듯 한꺼번에 이야기를 쏟아냈다.

하지만 설명은 거기까지다. 그는 더 이상 쓸데없는 말을 하지 않고 입을 닫았다.

연달아와 을지은한이 나란히 의자에 앉고, 잠시 후에 서양순이 들어오자 참한 아가씨 한 명이 세 사람에게 따끈한 차를 대접했다.

연달아는 차를 마시다가 용걸태를 보며 가볍게 눈살을 찌푸렸다.

서너 걸음 떨어진 곳에 서 있는 용걸태가 그를 보면서 이상한 표정을 짓고 있었기 때문이다. 일그러진 얼굴인데 건드리기만 해도 울 것 같은 얼굴이었다.

연달아가 무슨 일이냐고 물으려는데 용걸태가 먼저 입을 열었다. 가늘게 떨리는 목소리다.

"혹시… 용걸적인(庸杰赤忍)이라는 이름을 아십니까?"

연달아는 가볍게 움찔했다. 그는 용걸태의 얼굴에서 시선을 떼지 않으며 찻잔을 테이블에 내려놓았다.

"네가 적인을 어떻게 아느냐?"

용걸태는 연달아의 물음에 대답하지 않았다. 그러면서 울음을 참으려고 얼굴을 더욱 일그러뜨리며 통곡 같은 외침을 터뜨렸다.

"오골철갑기병은!"

연달아의 얼굴이 일그러졌다. 그의 몸이 벼락을 맞은 듯이 후드득 떨렸다. 너무 큰 충격을 받아서 머릿속이 텅 비어버린 것만 같았다.

그도 이번에는 네가 오골철갑기병을 어찌 아느냐고 묻지 않았다. 묻지 않아도 알기 때문이다.

을지은한은 두 손으로 얼굴을 가리고 흐느껴 울기 시작했다. 그녀는 이미 용결태가 누구인지 짐작했다. 그래서 가슴이 미어져서 어깨를 들먹이며 울었다.

연달아가 감정이 격해져서 반응이 없자 용결태가 다시 악을 쓰듯이 외쳤다.

"오골철갑기병은!"

연달아는 의자에서 일어나 우뚝 서서 오른 주먹으로 제 가슴을 힘차게 두드리며 외쳤다.

"무적이다! 우어!"

원래는 요동욕살인 연달아가 선창을 하고 오골철갑기병이 후창을 하며 가슴을 쳐야 하는데 지금은 반대로 했다. 아니, 그거야 어찌 됐든 상관이 없다.

바로 얼마 전, 아니, 어제 늦은 오후에 요동에서 만나 연달아가 구해주었던, 그리고 가슴을 찢어발기는 이별을 해야만 했던 스물한 명의 오골철갑기병 패잔병들과 헤어지면서 연달아는 바로 이 구령을 외쳤었다.

갑자기 용걸태가 그 자리에 무릎을 꿇고 이마를 바닥에 대며 공손히 아뢰었다.

"소인 용걸적인의 34대 후손 용걸태가 욕살을 뵈옵니다."

흐느끼며 아뢰는 말소리라서 잘 들리지 않았다. 하지만 연달아는 한마디도 빼놓지 않고 똑똑하게 알아들었다.

참으로 기구한 인연이다. 연달아는 어제 오후에 스물한 명의 오골철갑기병을 한 명씩 일일이 안아주었고, 그 속에는 용걸적인도 끼어 있었다.

물론 그는 당연히 용걸적인이 누군지 잘 알고 있다. 그는 얼굴이 유난히 붉어서 이름에 붉을 적(赤)이 들어 있는, 실로 용감무쌍한 부하였다. 허벅지에서 뭉텅 잘라진 한쪽 다리를 부여안고 당나라 기마병에게 쫓기던 그가 바로 용걸적인이었다.

어제 오후에 헤어졌던 스물한 명의 부하 중에 용걸적인은 끝까지 살아남는 데 성공했다. 그리고 후손을 남겨 34대 후손인 용걸태가 지금 까마득한 조상의 우두머리인 연달아에게 절을 하고 있다.

"일어나라."

한쪽 옆에 서 있는 서양순은 무슨 영문인지 몰라서 눈을 동그랗게 뜨고 놀란 표정을 짓고 있다.

용걸태는 비틀거리면서 일어섰다. 그의 얼굴은 온통 눈물 범벅이다.

선조의 유시를 받들어 장장 1344년을 기다린 끝에 선조의 우두머리 요동욕살, 아니, 천신을 상봉했으니 눈물이 아니라 몸부림을 치면서 울어도 시원치 않은 기분일 터이다.

연달아는 용걸태에게 다가가 아무 말도 하지 않고 천천히 두 팔로 그를 안았다.

어제 오후에는 용걸적인을 안았던 두 팔이, 오늘 밤에는 그의 34대 후손을 안고 있다.

그의 품 안에서 용걸태는 격렬하게 몸을 떨었다. 그리고 흐느껴 울었다.

"우리 용걸 가문은 대대로 선조의 오직 한 가지 유시만을 받들어 모시며 살아왔습니다. 2012년에 대한민국에서 오실 주군을 만나 뵈는 것이 저희 가문의 최대 목적이었습니다. 그리고 이제야 만나 뵈었습니다. 크흐흑!"

연달아는 두 팔에 힘을 주어 더욱 힘차게 그를 안았다. 지금 그는 용걸태를 안고 있는 것이 아니라 1344년 전 요동의 이름 모를 초원에서 안았던 용걸적인을 다시 만나 안아주는 것이다.

"적인, 장하구나."

"주군! 주군… 크흐흐흑!"

용걸태는 가문의 보물이라면서 용걸적인이 남긴 유품 하나를 조심스럽게 연달아에게 바쳤다.

그것은 누렇고 군데군데 해진 봉서에 담겨 있는 한 장의 빛바랜 서찰이었다. 장장 1300여 년이나 해묵었기 때문이다.

―仰望又請願爲建國高句麗大帝國褥薩玉體保重

한 획 한 획 정성과 기원이 담겨 있는 글씨였다. 그것은 용걸적인이 생전에 써서 연달아에게 전해지기를 소망한 서찰, 아니, 유서였다.

고구려 대제국을 건국하기를 바라고 소원하며, 요동욕살의 만수무강을 기원한다는 내용이다.

용걸적인의 삶 전체가, 그리고 그가 남긴 후손들의 삶이 온통 연달아를 만나는 것으로 점철되었다는 사실을 그 글로써 충분히 알 수 있었다.

제62장

권력 이동

RUNNER
런너

   3대의 트럭 중에서 맨 마지막 트럭에 김정남이 타고 있었다.

   그는 전혀 다른 얼굴로 감쪽같이 변장을 한 모습이어서 아무도 알아보지 못했다.

   다물 정요원들이 변장한 김정남을 중국으로 데려가서 다물 중국팀에게 인계했고, 그들이 다시 김정남을 단동까지 데려와 용걸태에게 인계하는 순서를 밟았다.

   연달아와 을지은한, 서양순 등은 신의주시 신도동의 건물 안에서 전혀 다른 복장으로 갈아입었다.

   35세의 용걸태는 북한군 중좌(중령)로, 연달아는 상위(중위와 대위 사이), 을지은한은 소위, 서양순은 특무상사 계급장을 달고 여군으로 변장을 했다.

용걸태와 연달아 일행이 단동에서 몰고 온 세 대의 트럭에 실려 있던 의약품은 용걸태의 북한 내 조직망을 통해서 북한 전역으로 실려 나갈 것이라고 한다.

연달아 일행이 신도동의 건물로 들어선 지 한 시간 후에 그 건물에서 두 대의 군용 지프가 빠져나와서 아까 왔던 길을 거슬러 빠른 속도로 달려갔다.

군용 지프는 중국 베이징의 베이징지푸치처(北京吉普汽車)에서 생산한 일명 'BJ지프' 다. 구소련의 우아즈(UAZ)를 모방해서 생산하고 있는 차종이다.

선두 지프는 서양순이 운전을 하고 조수석에는 용걸태가, 뒷자리에는 연달아와 을지은한이 탔다.

뒤따르는 지프는 정요원이 운전을 하고 김정남과 두 명의 부요원이 타고 있다.

신의주를 출발한 두 대의 지프는 중간에 한 번도 쉬지 않고 200여 km 거리에 있는 평양을 향해 달렸다.

그동안 용걸태는 거사 일이 내일이며 어떤 계획을 세웠는지에 대해서 연달아에게 자세하게 설명했다.

평양까지 가는 동안 모두 열두 군데의 검문소를 거쳤으나 연달아 일행은 단 한 차례도 검문을 받지 않았다.

검문소의 북한군들은 연달아 일행이 탄 지프의 붉은 별 표시와 함께 '호위178, 179'라고 적힌 번호판을 보고는 서둘러서 통과시키거나 바리케이드를 치워주었다.

그 번호판을 단 지프에는 평양 호위총국의 고위급 장교가 타고 있다는 사실을 검문소를 지키는 북한군이라면 모르는 자가 없다.

겁도 없이 북한군 최고 권력 부서인 호위총국 소속의 차량을 검문했다가는 검문소를 지키는 졸병쯤은 쥐도 새도 모르게 사라지는 법이다.

북한의 도로 사정은 열악하기 짝이 없어서, 대한민국 같으면 200㎞를 가는데 두 시간 남짓이면 충분할 텐데도 이곳에서는 신의주에서 평양까지 가는 데 무려 여섯 시간이나 걸렸다.

두 대의 지프는 새벽 2시경에 평양시 중구역(中區域) 내에 있는 호위총국 지휘본부에 도착하여 멈추지 않고 그대로 안으로 진입했다.

호위총국은 예부터 김일성, 김정일의 친위부대였으며 지금은 김정은의 친위부대로 자리매김하고 있다.

호위총국 지휘본부는 입구 쪽으로 터진 ㄷ자 3층 건물이며 입구 왼쪽에 부속 건물 네 채가 따로 떨어져 있다.

호위총국 입구는 무장한 호위총국 군인들이 철통같이 지

키고 있었다.

하지만 조수석의 용걸태를 보고는 즉시 바리케이드를 올려주었다.

지프는 부속 건물 중에서 나란히 붙어 있는 2층의 아담한 양옥 별채 앞에 멈추었다.

연달아와 을지은한, 서양순은 용걸태의 안내로 그중 왼쪽 양옥으로 향했고, 뒤차에서 내린 김정남은 다른 정요원의 안내로 오른쪽 양옥으로 걸어갔다.

그때 김정남이 걸음을 멈추고 연달아를 향해 돌아서며 손을 들어 보였다.

"연 형."

김정남 옆에 있던 정요원이 깜짝 놀라서 제지하려는데 연달아가 괜찮다고 손을 들어 보였다.

"나를 알아보겠소?"

연달아가 고개를 끄덕이자 김정남은 변장한 얼굴에 미소를 지으며 말했다.

"좋은 꿈 꾸시오."

연달아는 마주 미소를 지어 보였다.

"편히 쉬게."

연달아의 옆에 서 있는 용걸태는 김정남의 느닷없는 행동에 놀랐다가 그가 연달아에게 무례하게 굴자 허리에 차고 있는 권총에 손을 대며 얼굴이 붉게 달아올랐다.

"걱정하지 마십시오, 주군."

양옥 2층으로 뻗은 계단을 앞서 올라가며 용걸태가 뒤돌아보면서 양해를 구하듯이 입을 열었다.

"김정남은 아무 짓도 할 수가 없습니다."

그는 연달아가 조금 전 김정남의 돌발 행동 때문에 걱정하고 있을지도 모른다고 생각한 모양이다. 하지만 연달아는 그 일을 이미 잊어버렸다.

"김정남 지지 세력은 우리가 이미 완벽하게 장악해 놓았습니다. 그러므로 놈은 그저 꼭두각시일 뿐입니다."

연달아는 용걸태가 자신을 안심시키려고 열성적으로 설명하는 것이 안쓰러워서 가볍게 고개를 끄덕여 주었다.

용걸태는 잘 꾸며진 침실 앞에서 공손히 허리를 굽혔다.

"아침 7시에 모시러 오겠습니다. 편히 쉬십시오."

연달아와 을지은한이 침실로 들어가자 서양순은 공손히 인사를 하고 옆방으로 들어갔다.

연달아가 거추장스러운 군복을 훌훌 벗고 팬티 바람으로 침대의 이불 속으로 들어가자 을지은한도 다소곳이 옷을 벗고는 침대 속으로 따라 들어왔다.

"여보, 오늘 많이 피곤하셨죠? 제가 주물러 드릴게요. 돌아

누우세요."

연달아가 돌아눕자 팬티와 브래지어 차림의 을지은한은 그의 허리에 올라앉아서 두 손으로 열심히 어깨를 주무르기 시작했다.

연달아는 사랑스러운 을지은한의 손길이 닿자 오늘 하루 박작성에서의 우울했던 기분과 유람선에서의 앙금이 씻은 듯이 가시는 것을 느꼈다.

"됐어요. 이제 똑바로 누우세요."

연달아가 똑바로 눕자 을지은한은 이번에는 그의 하체에 걸터앉아서 양어깨와 양팔, 가슴을 주무르고 토닥토닥 두드리기 시작했다.

그런데 그녀가 안마를 하느라 자꾸만 궁둥이를 들썩거리자 연달아의 그것이 점점 커지더니 나중에는 더 이상 어떻게 주체할 수 없을 정도가 되어 그녀의 깊은 계곡을 쿡쿡 찔러댔다.

그러나 그녀는 아무 말도 하지 않고 묵묵히 안마를 계속했다. 하지만 그녀의 얼굴은 발갛게 상기되었고 숨소리는 새근새근 가빠지고 있었다.

연달아는 두 손을 뻗어 그녀의 궁둥이를 들어 올리고 팬티 속으로 손을 쑥 집어넣었다.

그가 예상했던 대로 그녀의 그곳은 흠뻑 젖어 있었다. 그녀도 애타게 원하고 있었던 것이다.

"은한아."

그는 갑자기 을지은한을 붙잡고 거칠게 침대에 눕히고 그
위에 몸을 실었다.

"아아⋯⋯."

갑자기 거대한 것이 계곡 속으로 밀고 들어오자 그녀는 자
신도 모르게 비명 같기도 하고 신음 같기도 한 소리를 냈다.

그렇지만 첫날처럼 아프지는 않았다. 이제는 사랑의 쾌락
을 어느 정도 알기 때문이다.

"여, 여보⋯⋯."

을지은한은 앓는 소리를 냈다.

연달아가 격렬하게 몸을 움직이자 을지은한은 온몸을 바
들바들 떨면서 두 팔로 그의 등을 힘껏 부둥켜안았다.

"여보⋯ 저⋯ 죽어요⋯⋯."

방 안이 부옇게 밝아질 때 연달아에게 폭 안겨서 자고 있던
을지은한이 먼저 눈을 떴다.

알몸의 그녀는 연달아가 깰까 봐 조심조심 침대에서 내려
와 바닥에 떨어져 있는 옷을 챙기려고 허리를 굽혔다.

"⋯⋯!"

그때 허리를 굽혀서 확산된 궁둥이 사이로 연달아의 손이
쑥 들어갔다.

그녀는 깜짝 놀랐으나 그대로 가만히 있었다. 고구려의 여자는, 그리고 영웅의 아내는 절대 순종해야 한다는 것을 잘 알고 있기 때문이다.

"신기해."

"뭐… 가요?"

연달아가 궁둥이와 계곡을 만지면서 중얼거리자 을지은한은 기어드는 목소리로 물었다.

"이렇게 작고 아담한 궁둥이 속으로 어떻게 그리 큰 것이 들어가는 거지?"

"……."

을지은한은 아무 말도 못했다. 하지만 너무 부끄러워서 귀뿌리까지 새빨개졌다.

"다시 확인해 봐야겠어. 이리 와."

"아!"

연달아는 을지은한을 번쩍 안아 침대의 자기 옆에 눕혔다.

을지은한은 그를 등진 채 몸을 새우처럼 구부리고 가만히 숨을 죽였다.

그러면서 그녀는 자기가 점점 음탕한 여자가 돼가고 있다는 사실을 깨달았다.

*   *   *

중앙당 1호 청사.

그곳은 당 조직부라고도 하며 김정은의 집무실이다.

한군데 모여 있는 큼직한 건물들 주변에는 숲이 우거져 있어서 바깥에서는 전혀 보이지 않았다.

또한 차를 타고는 접근할 수가 없다. 건물까지는 400미터 전방의 지하차도 출입구를 통해서만 통행할 수가 있다.

또한 지하차도는 김정은이 탄 차만 이용할 수가 있다. 물론 다른 사람들은 입구에서부터 본관까지 걸어야 한다.

그 과정에서 사방에 설치된 엑스레이 투시 카메라 여러 대가 출입인들이 지녔을지도 모르는 무기의 여부를 촬영해서 밝혀낸다.

또한 숲 곳곳에서 호위총국 소속 보초 수백 명이 눈을 번뜩이며 감시를 하고 있다. 이곳은 말 그대로 철옹성 그 자체였다.

오늘 이곳에 북한 최고위급 인물들이 김정은의 명령으로 한 명도 빠짐없이 모두 모였다.

한 해를 보내는 시기에 즈음하여 김정은이 연회를 베푼다는 전갈을 최고위급들은 이미 전해 들은 터였다.

이제 만 29세밖에 되지 않은 어린 김정은이 아직 당 안팎의 실세들을 휘어잡지 못한 상황이기 때문에 틈만 나면 연회다 뭐다 해서 최고위급들을 불러 모아놓고는 환심을 사느라 별

별 작태를 다 부리고 있다.

오늘 연회도 그런 짓거리의 연장이다. 그리고 소문에 의하면 김정은이 독일에서 직수입한 최고급 벤츠 승용차 스무 대와 스위스제 롤렉스, 오메가 시계, 최신형 최고급 휴대폰 등 수백 개를 최고위급들에게 고루 선물할 예정이라고 한다.

소위 최고지도자라는 자가 부하들에게 환심을 사려고 뇌물을 쓰는 것이다.

북한 곳곳에서는 아직도 끼니거리가 없어서 굶어 죽는 사람들이 속출하고 있는데, 최고지도자라는 어린놈의 새끼는 물정도 모르고 돈을 물 쓰듯이 쓰고 있다.

롤렉스시계 하나면 북한 내 한 구역 내의 주민들이 며칠 동안은 배곯지 않고 먹을 수 있다.

그리고 벤츠 한 대 값이면 시 전체의 주민이 그토록 먹고 싶어 하는 고깃국에 쌀밥을 한 달 동안 실컷 배 터지게 먹을 수 있다고 한다.

붕—

오로지 김정은이 탄 차량만이 통행할 수 있는 지하차도 입구로 두 대의 벤츠 승용차가 미끄러져 들어갔다.

입구를 지키고 있던 호위총국 소속 군관은 부하들에게 바리케이드를 내리라고 손짓해 보이고는 천천히 검문소 안으로 들어갔다.

호위총국은 오로지 김정은 개인 호위와 김정은의 저택과 별장, 사냥터 등을 지키는 사냥개 노릇을 하는 조직이다.

그런 하찮은 임무를 하고 있음에도 호위총국 소속 군인은 무려 10만 명에 이른다.

또한 김정일 시대 때부터 친위대라는 사실 때문에 권력의 상층부에 웅크리고 있다.

김정일이 실제로 두려워한 것은 북한군 내부의 반란이었다. 그래서 그는 호위사령부를 점점 더 막강하게 보강했으며, 현재에 이르렀다.

김정은 대에 이르러 호위사령부를 호위총국이라 개명하고 김정일 때보다 더욱 최측근에 두었다. 일설에는 북한군 두 개 군단 급이 반란을 일으켜도 호위총국이 막아낼 수 있다고 전해지고 있다.

얼마 전에 호위총국 사령관 윤정린 대장이 쫓겨나고 새 사령관으로 강지성 대장이 취임했다.

그런데 강지성 대장은 김정은의 고모부인 장성택 당 행정부장의 측근이다.

장성택이 권력의 핵심부인 호위총국 사령관을 경질하고 자신의 측근인 강지성 대장을 등용했다는 사실은 더 이상 비밀이랄 것도 없는 사실이다.

방금 지하 통로로 들어간 두 대의 벤츠 중에서 선두의 승용
차에는 바로 호위총국 사령관 강지성 대장이 타고 있었다. 그
런데 호위총국 소속 일개 군관이 어떻게 그것을 제지할 수 있
다는 말인가.

　군관이 통과시킨 첫 번째 벤츠 뒷자리에는 강지성 대장과
변장한 김정남이 친구인 양 나란히 앉아 있고, 두 번째 벤츠
에는 군복 차림의 연달아와 을지은한, 서양순, 용결태 등이
타고 있었다.

　북한 최고위급 인물은 모두 216명이다. 그들은 북한 내에
서도 공공연하게 '특급 고위 인사'로 불리고 있다.

　그리고 바로 아래인 '상급 고위 인사'로 분류되는 인물이
415명이며, 이들 중 대다수가 김일성의 친가와 외가 쪽, 그리
고 김일성의 빨치산 시절 동료와 후배들이 망라되어 있다.

　오늘 중앙당 1호 청사에는 '특급 고위 인사'들만 초청되어
영빈관 격인 모란당에 모여 있었다.

　하지만 오늘 모인 '특급 고위 인사'의 수는 알려진 대로
216명이 아니다.

　그보다는 조금 적었다. 왜냐하면 국방위원회 제1부위원장
인 차수 조명록, 조선노동당 제1부부장 리제강, 그 외에 이용
철, 박정순 등 권력의 핵심에 있던 여러 인물이 여러 가지 이

유로 사망했기 때문이다.

웅장하고 넓은 연회장 안의 수십 개의 테이블 둘레에는 '특급 고위 인사' 210여 명이 모여앉아서 두런두런 대화를 나누며 술잔을 기울이고 있다.

그리고 세 군데 출입구에는 무장한 호위총국 군관과 군인들이 삼엄하게 지키고 서 있으며, 연회장을 빙 둘러서 30여 명의 군인이 지키고 있었다. 그리고 그들을 총지휘하는 군관은 중좌 용걸태였다.

그때 한쪽 출입구로 한 명의 군인이 성큼성큼 걸어 들어왔고, 그 뒤를 한 명의 정장을 입은 퉁퉁한 사내가 뒤따라 들어섰다.

그러자 모란당 안을 지키고 있던 호위총국 군관과 군인들이 일제히 차려 자세를 취하며 그 군인에게 경례를 했다.

그 군인은 다름 아닌 호위총국 사령관 강지성 대장이었다.

모란당에 운집해 있던 210여 명 중에서 수십 명이 벌떡 일어나 강지성 대장에게 허리를 굽혀 인사했으며, 수십 명은 엉거주춤 일어나는 시늉을 했고, 나머지는 앉은 채 힐끗 쳐다보기만 했다.

강지성 대장은 김정은의 고모부인 북한 권력 서열 제2인자 장성택의 최측근이다.

또한 장성택으로 인해서 호위총국 사령관이 되어 급부상한 인물이다.

그러므로 벌떡 일어나서 인사를 한 부류는 강지성 대장에게 잘 보이려는 자들이고, 그냥 앉아 있는 자들은 강지성 대장을 못마땅하게 여기는 축들이며, 엉거주춤한 자들은 이도 저도 아닌 자들인 것이다.

얼마 전까지만 해도 강지성 대장은 북한 권력층 최고위급에서 '상급 고위 인사'로 분류됐었다.

그런데 졸지에 '특급 고위 인사'에 속하더니 연일 승승장구하여 지금은 권력 서열 10위권 안에 들 정도로 막강한 인물이 된 것이다.

권력 서열 제1위는 당연히 김정은이다. 제2위가 장성택이고, 제3위부터 제5위까지는 잠시 후에 김정은이 등장할 때 함께 나타날 것이다.

그러므로 지금 이 자리에 있는 인물들 중에서 강지성 대장보다 높은 자는 서너 명뿐이다.

그렇다고 해도 강지성 대장은 떠오르는 해고 그들 서너 명은 현재 떠 있거나 곧 지게 될지도 모르는 입장이다. 그렇게 봤을 때 강지성 대장은 이 자리에서 가장 잘나가는 최고위 인물이라고 해도 과언이 아니다.

강지성 대장은 홀을 가로질러 단상에서 봤을 때 왼쪽 끄트머리 테이블에 앉았다.

같은 테이블에 있던 세 명의 인물 중 두 명이 일어섰다가 강지성 대장이 앉자 비로소 자신들도 자리에 앉았다.

그들은 한 명은 정장을 했고 두 명은 군인인데 한 명은 차수, 다른 한 명은 대장 계급장을 달고 있었다.

두 명 중 한 명은 보위사령부 사령관으로 대장이고 또 한 명은 인민무력부 부장이며 차수다. 북한에서는 군인으로서 최고의 계급이 차수다.

원수나 대원수가 있기는 하지만, 김일성이나 김정일, 그리고 몇 명의 허수아비 같은 원로들을 위해서 만들어진 계급일 뿐이다.

인민무력부는 대한민국의 국방부에 해당하는 기관이다. 즉, 인민무력부장은 국방장관이라는 뜻이다.

보위사령부는 대한민국의 기무사령부 같은 곳이다. 그리고 호위총국은 거듭 설명할 필요가 없다.

이렇듯 지금 한 테이블에 호위총국 사령관과 보위사령부 사령관, 그리고 인민무력부 부장이 함께 있으니 연회장에 있는 사람들 중에서 이들 세 사람의 파워가 가장 막강하다고 할 수 있다.

변장을 한 김정남은 '특급 고위 인사' 명단에 들어 있지 않은 사람이다.

하지만 강지성 대장의 동행이고 인민무력부장이나 보위사령부 사령관이 그에게 알은체를 하며 고개를 끄덕이는 것을 보고는 감히 아무도 김정남의 출현을 문제 삼지 않았다.

강지성 대장의 입장으로 잠시 조용해졌던 장내가 다시 활기를 되찾으며 웅성거리기 시작했다.

처척!

그때 연회장을 지키는 모든 군인들이 상단 쪽을 향해서 차려 자세를 취했다.

순간 웅성거리던 연회장이 찬물을 끼얹은 것처럼 조용해졌다. 그리고 일제히 앞다투어 자리에서 일어섰다.

모두의 시선은 상단의 기다란 테이블 너머의 붉은 융단이 깔리고 화려한 꽃으로 치장한 출입구로 집중됐다.

이제 곧 그곳으로 스물아홉 살의 어린 나이에 북한 최고지도자의 자리를 3대째 세습하여 물려받은 이 시대의 제왕 김정은이 들어설 것이다.

그때 한쪽 구석에 자리를 잡은 악단이 웅장하게 음악을 연주하기 시작했다.

북한 내에서 가장 많이 불리고 있는 '광명성찬가'가 흘러나왔다.

그러자 일어선 '특급 고위 인사'들이 입을 모아 노래를 부르기 시작했다.

백두산 마루에 정일봉 솟아 있고, 소백수 푸른 물은 굽이쳐 흐르누나로 시작되는 일명 김정일 찬가다.

모두의 합창으로 장내가 웅웅 울리고 210여 명의 심신이 고조되었을 때 출입구로 뒤뚱거리면서 들어서는 해말간 얼굴 하나가 있었다.

예전에 비해서 살이 더 쪄서 양 볼이 늘어져 어디가 목인지 구분하기도 어려운 모습의 김정은이다.

살이 쪄야지만 인민들이 우러러보고 또 조부 김일성하고 닮은 모습이라고 해서 개돼지 사육하듯이 억지로 먹여서 힘들게 찌운 살이다.

그런데 너무 살이 찌니까 걷는 것조차 제대로 하지 못하고 매사에 누군가의 도움 없이는 아무것도 하지 못하는 신세가 되었다.

김정은 뒤로 고모부 장성택과 제3인자 총참모장 이영호 차수와 제4인자 총정치국장 최룡해 차수, 제5인자 김정은의 고모인 김경희, 여동생 김여정 등이 따라서 들어왔다.

김정은은 '광명성 찬가'가 끝나는 것에 맞춰서 테이블 자기 자리에 우뚝 섰고, 모두들 열렬한 박수를 치면서 와아! 함성을 지르며 그의 등장을 축하했다. 누가 더 크게 함성을 지르는지 내기를 하는 것 같았다.

김정은은 거만하게 오른손을 들어서 그만하라는 시늉을 해 보이고는 자리에 앉았다.

이어서 그의 좌우에 고모와 고모부, 여동생 김여정이 앉았고, 그 양쪽에 이영호 차수와 최룡해 차수가 앉았다. 그것은 김정은의 일가친척을 제외하고는 이영호 차수와 최룡해 차수가 권력 서열 2, 3위라는 뜻이다.

김정은 뒤쪽에는 열 명의 군인이 일렬로 죽 늘어섰다. 그들은 호위총국 소속 소좌 이하 사관급인데, 김정은이 따로 총애하는 최최측근 호위병들이다.

그들은 심지어 숙식마저도 김정은의 저택 내에서 함께 하면서 그를 그림자처럼 호위하고 있다.

"에……."

이윽고 김정은이 살찐 턱살을 흔들면서 입을 열었다.

좌중은 조용, 아니, 고요해졌다.

그때 인민무력부장 김정각 차수가 오른손을 번쩍 들어 보였다.

그러자 김정은이 가볍게 놀라는 표정을 지었다. 최고지도자가 말을 하려고 하는데 누군가 번쩍 손을 들어 말을 끊는 행동에 놀란 것이다.

그리고 경험 부족으로 이럴 때는 어떻게 대처해야 하는지 모르기 때문에 당황한 것이다.

장내의 분위기는 반반이다. 인민무력부장 김정각 차수의 돌발 행동에 놀라는 사람들이 있는가 하면 태연한 사람들도 있었다. 그러나 후자가 압도적으로 많았다.

장내에는 기묘한 그러면서도 팽팽한 공기가 감돌았다. 김정각 차수가 단지 손을 들었을 뿐인데 그 작은 행동 하나가 일으킨 여파는 실로 컸다.

그의 행동에 놀란 사람들은 놀라지 않고 태연한 사람들을 보면서 재빨리 머리를 굴리는 표정들이다.

그들은 지금 뭔가 일어나려 하고 있음을 감지했다. 권력에 아부하는 자들은 마치 동물하고 비슷하다. 동물은 천재지변이 일어나기 직전에 미리 알아차리고 대비를 한다. 이들도 그와 비슷하다.

그때 김정은의 구세주가 나타났다. 최룡해 차수다. 그는 손바닥으로 테이블을 소리 나게 탁 치면서 벌떡 일어나 김정각 차수를 가리키며 큰 소리로 꾸짖었다.

"김정각 차수! 감히 당 부위원장께서 말씀하시는……."

"입 다물어라, 최룡해!"

그때 호위총국 사령관 강지성 대장이 불쑥 외치며 최룡해 차수의 말을 잘랐다. 대장이 차수에게 호통을 치다니, 하극상을 한 것이다.

"너… 강지성!"

철커!

그때 최룡해 차수 뒤쪽에서 쇠붙이 소리가 났다.

최룡해가 움찔하며 뒤돌아보려고 하는데 그보다 빠르게

차가운 느낌이 그의 뒤통수에 닿았다.

"흑!"

군대에서 수십 년간 굴러먹은 최룡해는 자신의 뒤통수에 닿은 것이 권총의 총구라는 것을 즉시 깨닫고 자신도 모르게 헛바람을 들이켰다.

쾅!

그 순간 쥐 죽은 듯이 고요하던 장내를 한 발의 총성이 떨어 울렸다.

쿵!

비명을 지를 겨를도 없었다. 최룡해 차수는 권총 한 발에 뒤통수에서 입이 관통되어 피를 뿜으면서 얼굴을 테이블에 묻으며 엎어졌다.

"꺄아악!"

최룡해 차수 옆에 앉아 있던 김정은의 여동생 김여정이 찢어질 듯한 날카로운 비명을 지르며 두 손으로 귀를 막고 울부짖었다.

그러나 아무도 김여정을 쳐다보지 않았다. 아니, 거들떠보지도 않았다. 지금 같은 상황에 그깟 어린 계집년이 죽건 말건 알 바 아니다.

최룡해 차수의 죽음은 그 혼자만의 죽음을 뜻하는 것이 아니다. 이 자리의 몇몇 사람에겐 불행의 전조이고, 많은 사람에겐 기회의 전조이며, 그리고 북한 땅 전 인민에게는 조선 민주주의 인민 공화국의 패망을 알리는 전조이다.

김정은의 얼굴은 하얗다 못해 새파랗게 질렸다. 그는 어린 놈이지만 이미 뭔가를 감지했다.

돼지라는 놈은 새끼 돼지든 오래 묵은 암돼지든 도살될 때를 직감적으로 안다고 했다.

김정은도 자신이 도살될 것이라는 사실을 직감했다. 너무 떠는 바람에 살찐 턱이 이리저리 마구 흔들렸다.

김정은을 등에 업고 섭정을 펼치며 희희낙락했던 장성택이라고 다를 것 없다.

살얼음 위를 살금살금 걷고 있다가 얼음 깨지는 소리를 들은 자의 표정이 지금 그의 얼굴일 것이다.

호위총국 강지성 대장이 앉은 채 김정각 차수에게 말을 하라는 듯 손을 내밀었다.

김정각 차수는 천천히 일어나 우뚝 서서는 김정은을 똑바로 쳐다보며 나직하지만 또렷한 목소리로 말했다.

"부위원장, 당신은 어울리지 않는 그 자리에서 이제 그만 내려와 줘야겠소."

김정은은 두려운 표정으로 김정각 차수를 쳐다보았다. 입을 꼭 다물고 있는데 너무 겁을 먹어서 입을 열 엄두도 내지 못했다.

제 아버지가 김정일이니까 아직 20대인 김정은이 이 자리에 앉아서 2,200만 인민의 최고지도자입네 떠받들어지고 있는 것이지, 제 스스로 잘난 구석은 눈을 씻고 찾아도 무엇 하나 없는 놈이다.

　이 어린놈이 어디 제 아버지 백 없이 세상에 벌거벗고 나서게 된다면, 굶어 죽지 않으려면 공사판에서 노가다나 하면서 굴러먹거나 비럭질이라도 해야지 무슨 재주가 있겠는가.

　그리고 김정일은 제 아버지가 김일성이니까 저절로 국방위원장이 되어 북한을 통치했던 것이지, 제 아버지가 주석도 수령도 뭣도 아닌 존재였다면 순전히 제 능력으로 밑바닥부터 허우적거리며 평생을 평범하게 살다가 죽었을 것이다.

　김일성은 두말할 필요조차 없다. 노스케(소련인)들에게 아부 잘하고 따까리 노릇을 하도 잘해서 소련군이 북한에 진주했을 때 묻어 들어와서 새파란 나이에 북한 지도자 노릇을 했던 것이지, 그러지 않고 막상 자본주의 사회에서 시작하고 다 함께 달렸으면 잘해봐야 사기꾼이고 잘못됐으면 그래도 사기꾼밖에 더 해먹었겠는가.

　고모부 장성택도, 고모 김경희도, 제3인자 이영호 차수도 꿀 먹은 벙어리가 되었다.

　입 한 번 잘못 벙긋했다가는 최룡해처럼 뒤통수에 바람구멍이 생길 것이기 때문이다.

김정은은 도움의 손길을 바라는 듯 고개를 돌려 오른쪽에 앉아 있는 장성택을 힐끗 쳐다보았다.

장성택은 아랫배에 꾹 힘을 주었다. 그것은 차마 어린 처조카의 애절한 눈망울을 외면하지 못해서가 아니라 몇 달 동안 누렸던 절대 권력의 단맛을 버리지 못해, 그리고 어쩌면 이것은 한낱 꿈일지도 모른다는 착각 때문에 한번 용기를 내기로 했다.

탕!

그는 손바닥으로 테이블을 내려치며 노성을 질렀다.

"김정각! 네놈이 감히 반란을……!"

쾅!

방금 전에 최룡해 차수 뒤통수에 구멍을 냈을 때하고 똑같은 소리가 울려 퍼졌다.

그리고 장성택은 최룡해 차수하고 똑같이 뒤통수에 구멍이 뚫려 피를 콸콸 쏟으며 푹 앞으로 고꾸라졌다.

단 두 발의 총성과 두 명의 죽음으로 사태는 깨끗하게 정리되었다.

그 후로는 아무도 입을 열지 않았다. 단지 어린 돼지새끼 김정은이 앉은 채 오줌을 싸서 바지를 흠뻑 적신 것이 사건이라면 작은 사건이었다.

"험!"

그때 키가 크고 깡마른 체구의 노인이 가볍게 헛기침을 하고는 김정각 차수와 강지성 대장 쪽을 쳐다보며 나직한 목소리로 입을 열었다.

"김정은 중앙군사위 부위원장을 끌어내리려 한다면 무슨 대책이 있어야 할 게요."

그는 늙은 구렁이, 최고인민회의 상임위원장 김영남이다. 북한 권력 서열 3위였다가 김정은이 정권을 잡은 후에 6위로 밀려났고 이후에도 계속 밀려날 인물이다.

그의 말은 어중간했다. 김정은을 끌어내리면 안 된다고 엄포를 놓는 것 같기도 했고, 대책도 없이 끌어내리면 반란이 실패할 것이라고 충고를 하는 것 같기도 했다.

고요한 침묵이 흘렀다. 그 침묵은 아무런 대책도 없이 호위총국과 인민무력부가 일단 반란을 저질러 놓고 보자고 작당을 했다는 인상을 풍겼다.

김영남은 시선을 김정은이 아닌 그 옆에 앉은 이영호 차수에게 주었다.

김정은은 이제 안중에도 없다는 뜻이다. 그리고 김영남은 끌끌 혀를 찼다.

"쯧쯧, 이영호 총참모장, 어째 이따위로 부위원장을 모셨는가? 허울뿐인 총참모장이니 호위총국과 인민무력부를 통제하지는 못했겠지만 이건 해도 너무하는구만."

김영남은 관리로서의 실세이고 이영호는 군부의 실세였

다. 지금은 군부가 밀리고 있는 모양새다.

김영남은 천천히 일어나서 장내를 둘러보며 느긋한 표정으로 말했다.

"우리는 총 21개 군단 중에서 호위총국과 91기계화군단, 8군단, 11군단, 620포병군단을 제외한 16개 군단을 완전히 장악했소."

그 말은 오늘 이 자리에서 반란이 일어나지 않았더라면 김영남 측이 언젠가 반란을 일으켰을 것이라는 뜻이다.

또한 그가 방금 언급한 다섯 개 군단은 호위총국을 비롯하여 전부 후방군단들이다. 다시 말해서 전력이 그만큼 떨어진다는 뜻이다.

김영남의 말인즉, 호위총국과 인민무력부 정도로는 전선에 포진한 군단들을 비롯한 16개 군단을 막아낼 수 없을 것이라는 뜻이다.

"여기까진 자네들이 차려준 밥상이라고 생각하겠네. 이쯤에서 물러나 준다면 나중에 자네들의 거취를 정할 때 매정하게 대하지는 않겠네."

김영남은 과연 노련했다. 그는 일단 이 자리를 모면하고 보자는 생각이고, 아울러서 김정각 차수와 강지성 대장의 반란을 자기네 것으로 만들려는 술책이다.

김정각 차수는 김영남이 이렇게 나오는 데에는 16개 군단을 장악한 것 말고도 어디 믿는 구석이 있기 때문이라고 판단했다. 그래서 슬쩍 에둘러서 물어보았다.

"김영남 위원장 당신이 최고지도자가 될 것은 아닐 테고, 16개 군단이 믿고 따르려면 저기 앉은 어린놈보다는 더 나은 재목이 있어야 할 텐데 말이오."

"헛헛헛헛!"

김영남이 카랑카랑한 웃음을 터뜨렸다. 자신감이 가득한 웃음소리라서 강지성 대장과 김정각 차수, 그리고 이 반란에 가담한 많은 사람들의 간담이 써늘해졌다. 뭔가 잘못되어 간다는 느낌을 강하게 받은 것이다.

용걸태 옆에 군복을 입고 서 있는 연달아와 을지은한, 서양순도 자못 긴장한 표정으로 김영남을 주시하고 있었다.

이윽고 김영남이 뚝 웃음을 그치고는 노인답지 않게 낭랑한 목소리로 말했다.

"김정남 동지 정도면 되겠나?"

갑자기 장내가 술렁였다. 오늘의 반란을 전혀 모르던 자들은 놀라서 술렁였고, 알고 있던 자들은 '그럼 오늘 오기로 한 김정남은 누구야?'라는 놀라움 때문에 술렁거렸다.

그러나 강지성 대장과 김정각 차수의 얼굴에 흐릿한 미소가 떠오른 것을 보고, 오늘의 반란 동조자들은 안도의 한숨을 토해냈다.

김정각 차수가 김영남을 보면서 느긋하게 물었다.

"김영남 동지, 올해 나이가 몇이오?"

"여든셋일세."

김정각 차수는 고개를 끄덕였다.

"어디서 사기를 치고 있는 게요? 그렇게 죽고 싶어 안달이 났소? 하긴, 오늘 죽어도 아깝지는 않은 나이지만 말이오. 그렇지 않소?"

"뭐라고? 너 이놈……."

그때 김정각 차수와 강지성 대장 사이에 앉아 있던 변장한 김정남이 천천히 일어섰다.

모두의 시선이 그에게 집중되었다. 오늘 이 자리에 김정남이 등장할 것이라는 사실을 미리 알고 있었던 사람들도, 모르고 있던 사람들도 의아해하면서 긴장된 표정으로 김정남을 주시했다.

지이익.

김정남이 손을 들어 자신의 얼굴에 쓰고 있던 얇은 재질의 가면을 찢었다.

그리고 잠시 후에 드러난 얼굴은 마카오에서 죽었거나 어딘가에 정처 없이 떠돌고 있어야 할 김정남의 모습이었다.

김영남의 얼굴에 경악이 가득 떠오르더니 잠시 후에 짓밟은 만두처럼 참담하게 일그러졌다.

김정남 이름을 팔아서 사기를 치려고 했던 것이 백일하에 드러난 것이다.

"이⋯⋯."

타앙!

한 발의 총성이 울리고 김영남은 관자놀이에서 피를 푹 뿜으며 힘없이 풀썩 고꾸라졌다.

세상을 오래 산 사람을 노인이라고 하며 존경한다. 그러나 세상을 오래 살았어도 뱃속에 욕심만 가득 담긴 노인은 죽어 마땅하다.

"큰형님⋯⋯."

"오라버이⋯⋯."

상단의 김정은과 김여정이 김정남을 보더니 비 오듯이 눈물을 흘리며 뉘우치는 표정을 지었다.

김정남은 애잔한 눈빛으로 김정은을 쳐다보았다. 그리고는 씁쓸한 표정을 지었다.

"날 죽이라고 암살팀을 정은이 네가 보냈느냐?"

김정은은 눈을 부릅뜨더니 곧 눈물을 쏟으면서 온몸을 마구 떨었다.

"크흐흑⋯⋯."

그리고 나서는 비틀거리면서 일어나 뒤로 물러나더니 털썩 그 자리에 엎어져 절을 하였다.

"크으흑! 잘못했습니다, 큰형님. 죽여주십시오."

그는 최룡해 차수와 고모부 장성택, 김영남 위원장이 말 한 마디 잘못했다가 비명도 지르지 못하고 즉사하는 것을 똑똑히 봤다.

그는 그것이 모두 큰형 김정남의 명령일 것이라고 짐작했다. 그래서 자기도 김정남이 고개만 슬쩍 끄덕이면 즉사할 것이라고 예상했다.

그래도 그는 차라리 죽음을 선택했다. 자신이 지은 죄가 너무 커서 죽어 마땅하다고 생각했기 때문이 아니다. 단지 지금 이 상황이 너무나 공포스러워서 차라리 죽는 것이 낫다고, 죽음을 공포의 도피처로 삼은 것이다. 김정은은 그렇게 심약하고 못난 놈이다.

김정남은 가련한 눈빛으로 김정은을 바라보며 나직한 목소리로 말했다.

"나는 최소한 내 피붙이만큼은 죽이고 싶지 않다."

김정은은 움찔 놀라 고개를 들고 눈물범벅이 되어 감격한 표정을 지었다.

"으흐흑… 큰형님……."

"정은아, 너는 다시 유럽에 가서 하던 공부나 마저 하는 게 좋겠다."

김정남은 권력욕에 물들어 어린 조카 김정은을 부추겼던

여우같은 고모 김경희와 아무것도 모르는 여동생 김여정을 쳐다보았다.

"고모는 정은이를 따라가서 보살펴 주세요. 여정이 너도 막내오빠를 따라가고. 알았느냐?"

김경희와 김여정은 눈물콧물을 흘리면서 고개를 숙였다. 감정이 북받쳐서 대답도 하지 못했다.

그렇게 결정을 내려놓고는 김정남은 저만치 군복을 입고 서 있는 연달아를 쳐다보았다.

연달아가 보일 듯 말 듯 고개를 끄덕이자 김정남은 비로소 안도의 표정을 지었다. 자기가 결정을 내렸지만, 그래도 최종적으로 연달아가 허락을 해야만 이루어질 수 있다고 생각하기 때문이다.

그때 김정각 차수가 벌떡 일어나 박수를 치기 시작했다. 그러자 모두들 자리에서 일어나 열렬히 박수를 쳤다.

짝짝짝짝―

김정남은 모두의 박수를 받으면서 천천히 상단으로 걸어가기 시작했다.

『런너』 제7권에 계속…

DREAM WALKER
드림워커

김현우 퓨전 판타지 소설

『레드 데스티니』,『골드 메이지』를 잇는
김현우표 퓨전 판타지 결정판!

『드림 워커』

단지… 꿈이라 생각했다. 그러나 어느날.
그 꿈이 현실을, 그리고 현실이 꿈을, 침범하기 시작했다.

루시드 드림!
힘든 삶 앞에 열린 새로운 세계!

그날 이후 모든 것이 바뀌었다!
기준의 삶도, 유렐의 삶도 모두 내 것이다!

Book Publishing CHUNGEORAM

유행이 아닌 자유추구 -
WWW. chungeoram.com

마법사
무림기행

魔法師 武林紀行

김도형 퓨전 판타지 소설

신예 김도형이 그려내는 퓨전 장르의 변혁!
무림을 무대로 펼쳐지는 마법사의 전설!

무림에서 거지 소년으로 되살아난 마법사 브린.
더 이상 떨어질 곳도 없는 깊은 나락에서 마법사의 인생은 새로이 시작된다!

내 비록 시작은 이 꼴이나 그 끝은 창대하리니!

짓밟혀도 되살아나는 잡초 같은 생명력!
고난 속에서 빛을 발하는 날카로운 기재!

무협과 판타지를 넘나드는
마법사 브린의 모험을 기대하라!

Book Publishing CHUNGEORAM

유행이 아닌 자유추구 -
WWW.chungeoram.com

귀환인 歸還人

김동신 퓨전 판타지 소설

모든 마수의 왕 베히모스.

그의 유일한 전인 파괴의 마공작 베르키.
마계를 피로 물들이고 공포로 군림했던 그가
드디어… 꿈에 그리던 한국으로 돌아왔다.

"친구들아,
나 권태령이 드디어 돌아왔어!"

피로 물들었던 마계의 나날을 잊고
가족과도 같은 친구들과 지내는 생활.
그 일상을 방해하는 자들은 결코 용서치 않는다!

살기가 휘몰아치는 황금안을 깨우지 말라!
오감을 조여오는 강렬한 퓨전 판타지의 귀환!

Book Publishing CHUNGEORAM

유행이 아닌 자유추구 -
WWW.chungeoram.com

THE KNIGHTS OF SQUARE

아더왕과 각탁의 기사

홍정훈 판타지 장편 소설

『비상하는 매』의 신선함, 『더 로그』의 치열함,
『월야환담』의 생동감.
그 모든 장점을 하나로 뭉쳐 만든 **홍정훈식** 판타지 팩션!

아더왕과 원탁의 기사.

전설의 검 엑스칼리버의 가호 아래 역사에 길이 남을 대왕국을 건설한
위대한 왕과 그의 충직한 기사들.

"…난 왜 이리 조건이 가혹해?!"

그 역사의 한복판에 나타난 이질적 존재, 요타!
수도사 킬워드의 신분을 빌려 아트릭스의 영주가 되어 천재적인 지략과 위압적인 신위를 휘두르며
아더왕이 다스리는 브리타니아에 정면으로 반기를 든다!

**전설과 같이 시공을 뛰어넘어
새로운 아더왕의 이야기가 우리 앞에 나타난다!**

Book Publishing CHUNGEORAM

유행이 아닌 자유추구 -
WWW.chungeoram.com